CUENTOS DE

FIÓDOR DOSTOIEVSKI

Austral Cuentos

CUENTOS DE

FIÓDOR DOSTOIEVSKI

Traducción
Marta Rebón

Títulos originales de los cuentos: Честный вор, Крокодил, Мужик Марей, Сон смешного человека

© de la traducción, Marta Rebón, 2026

© Editorial Planeta, S. A., 2026
 Avda. Diagonal, 662-664, 08034 Barcelona (España)
 www.planetadelibros.com

Diseño de la colección: Austral / Área Editorial Grupo Planeta
Ilustración de la cubierta: © Núria Just
Primera edición en Austral: mayo de 2026

Depósito legal: B. 25.039-2026
ISBN: 978-84-08-32044-9
Composición: Realización Planeta
Impreso en España

Índice

El ladrón honrado   9
El cocodrilo 35
El campesino Maréi 91
El sueño de un hombre ridículo 101

El ladrón honrado

De las notas de un desconocido

Una mañana, cuando ya me disponía a ir a mi trabajo, entró a verme Agrafena —mi cocinera, lavandera y ama de llaves— y, para mi sorpresa, entabló conversación conmigo.

Hasta entonces había sido una mujer tan callada y sencilla que, aparte de las dos palabras diarias sobre qué preparar de comida, en casi seis años no había dicho apenas una palabra. Al menos, yo no le había oído decir nada más.

—Mire, señor —comenzó de pronto—; vengo a decirle... que debería usted realquilar el cuartito.

—¿Qué cuartito?

—El que está junto a la cocina. Ya sabe cuál.

—¿Para qué?

—¿Para qué? Para lo mismo que la gente los realquila. Ya se sabe para qué.

—Pero ¿quién va a alquilarlo?

—¿Que quién va a alquilarlo? Un inquilino. Ya se sabe quién.

—Pero ahí, buena mujer, ni siquiera cabe una cama; estaría estrechísimo. ¿Quién va a vivir ahí?

—¿Vivir para qué? Con tal de que tenga donde dormir... Vivirá en la ventana.

—¿Qué ventana?

—¡Ya sabe en qué ventana! ¡Como si no lo supiera! La que está en la antesala. Allí se quedará, cosiendo o haciendo lo que le dé la gana. Si acaso, se sentará también en una silla. Tiene silla, y una mesa incluso; lo tiene todo.

—¿Y quién es, pues?

—Un hombre bueno, curtido. Yo le haré la comida. Por la mesa y el alojamiento le cobraré solo tres rublos de plata al mes...

Al fin, después de muchos esfuerzos, averigüé que cierto hombre de edad madura había convencido o de algún modo inclinado a Agrafena para que lo dejara quedarse en su cocina en calidad de inquilino y comensal. Lo que a ella se le metía en la cabeza tenía que hacerse: si no, sabía que no me dejaría en paz. Cuando algo no era de su agrado, se ponía de inmediato a rumiar, caía en una profunda melancolía y ese estado de ánimo podía durarle dos o tres semanas. A lo largo de ese tiempo, la comida se echaba a perder, faltaban prendas de la colada, el suelo no se fregaba; en una palabra: ocurrían no pocos contratiempos. Hacía tiempo que había observado que aquella mujer taciturna era incapaz de tomar una decisión, de afirmarse en una idea que fuera propiamente suya. Pero si, por casualidad, cuajaba en su débil cerebro algo parecido a una idea, a un proyecto, impedirle llevarlos a cabo significaba matarla moralmente por mucho tiempo. Y así, como por encima de todo apreciaba mi propia tranquilidad, accedí al instante.

—¿Tiene al menos algún documento, el pasaporte o algo?

—¡Cómo no! ¡Claro que sí! Es un buen hombre, curtido; prometió pagar tres rublos.

Así que, al día siguiente, se instaló en mi modesto alojamiento de soltero un nuevo inquilino; pero no me molestó: incluso me alegré para mis adentros. Debo decir que vivo muy aislado, casi como un ermitaño. Apenas tengo trato con nadie y salgo pocas veces. Diez años metido en mi agujero me habían acostumbrado, desde luego, a la soledad. Pero diez o quince años más del mismo aislamiento, con la misma Agrafena, en el mismo piso de soltero, era una perspectiva bastante insulsa. De modo que, en ese orden de cosas, un compañero más, tranquilo, era una bendición caída del cielo.

Agrafena no había mentido: mi inquilino era un hombre curtido. Por su pasaporte resultó ser un soldado retirado, algo que supe, por lo demás, a primera vista, con solo verle la cara. Eso se reconoce enseguida. Astafi Ivánovich, mi inquilino, era de los buenos entre los suyos. Empezamos a convivir bien. Pero lo mejor de todo era que, de vez en cuando, Astafi Ivánovich sabía contar historias, sucesos de su propia vida. Ante el constante aburrimiento de mi vida cotidiana, un narrador así era un auténtico tesoro. Una vez me contó una de esas historias que me

11

causó cierta impresión. Y he aquí con qué motivo surgió el relato.

Un día me quedé solo en casa: tanto Astafi como Agrafena habían salido por sus asuntos. De pronto oí, desde el otro cuarto, que alguien entraba y me pareció un extraño. Salí: y, en efecto, en la antesala había un desconocido, un tipo de baja estatura, con solo una levita puesta, a pesar del frío tiempo otoñal.

—¿Qué buscas?

—Al funcionario Aleksándrov, ¿vive aquí?

—Aquí no hay nadie con ese nombre, hermano. Adiós.

—Pero si el portero me dijo que era aquí —murmuró el visitante, retrocediendo con cautela hacia la puerta.

—Largo, largo de aquí, hermano; fuera.

Al día siguiente, después de comer, cuando Astafi Ivánovich me probaba una levita que estaba arreglando, alguien volvió a entrar en la antesala. Entreabrí la puerta.

El mismo individuo del día anterior, ante mis propios ojos y con toda tranquilidad, descolgó del perchero mi chaquetón de piel, se lo puso bajo el brazo y se largó de casa. Agrafena se limitó a observarlo boquiabierta del asombro, y no hizo nada más para defender mi chaquetón. Astafi Ivánovich salió disparado detrás del malhechor y, diez minutos después, regresó jadeando, con las manos vacías. ¡Se esfumó, desapareció sin dejar rastro!

—Bueno, mala suerte, Astafi Ivánovich. ¡Menos mal que todavía nos dejó el capote! ¡Si no, me habría dejado pelado, el muy canalla!

Pero a Astafi Ivánovich todo aquello lo había dejado tan trastornado que, al mirarlo, incluso me olvidé del robo. No conseguía reponerse. A cada momento interrumpía el trabajo en el que estaba ocupado, a cada minuto empezaba de nuevo a contar el asunto, cómo había sucedido todo, cómo estaba él allí plantado, cómo allí mismo, delante de sus propias narices, a dos pasos, se habían llevado el chaquetón, y cómo había ocurrido de tal modo que no hubo manera de atraparlo. Luego retomaba el trabajo; después volvía a dejarlo todo, y vi cómo, finalmente, fue a ver al portero para contarle lo ocurrido y reprocharle que permitiera que tales cosas ocurrieran en su patio. Luego regresó y empezó a regañar a Agrafena. Después se puso de nuevo a trabajar y aún estuvo mucho rato refunfuñando para sí, repitiendo cómo había ocurrido todo: cómo él estaba ahí, y yo allí, y cómo delante de sus narices, a dos pasos, se habían llevado el chaquetón, etc. En suma: Astafi Ivánovich, aunque era muy capaz en su oficio, era un quisquilloso y dado a inquietarse por todo.

—Nos han engañado, Astafi Ivánich[1] —le dije por la noche, pasándole un vaso de té y deseando, por puro aburrimiento, incitar de nuevo el relato del chaquetón desaparecido, que, de tanto repetirse y por la profunda sinceridad del narrador, empezaba a resultar muy cómico.

—¡Nos han engañado, señor! Da rabia hasta siendo de otro, me roe por dentro, aun no siendo

1. Forma breve y coloquial del patronímico «Ivánovich», habitual en el habla (Todas las notas son de la traductora.)

mía la prenda desaparecida. Y, en mi opinión, no hay alimaña peor en este mundo que un ladrón. Otro al menos se lleva lo que no costó nada, pero este te roba el trabajo, el sudor que derramaste, el tiempo... Qué asco, ¡puaj! No dan ganas ni de hablar: me consume la rabia. ¿Y a usted, señor, no le duele perder lo suyo?

—Sí, es verdad, Astafi Ivánich; más valdría que la prenda se hubiera quemado, porque cedérsela a un ladrón da rabia, no apetece.

—¡Ya lo creo que no apetece! Por supuesto, hay ladrones y ladrones... Pues, señor mío, una vez me pasó que di con un ladrón honrado.

—¡Cómo que honrado! Pero ¿qué ladrón va a ser honrado, Astafi Ivánich?

—Pues sí, señor, tiene razón: ¿qué ladrón va a ser honrado? No existe tal cosa. Yo quería decir más bien que parecía un hombre honrado y, sin embargo, robó. Me dio lástima, sin más.

—¿Y cómo fue, Astafi Ivánich?

—Pues fue, señor, hará cosa de dos años. Me tocó entonces pasar casi un año sin colocación y, cuando aún estaba apurando los últimos días en mi puesto, se me juntó un hombre completamente perdido. Así, en una taberna, hicimos buenas migas. Era un borrachín, un golfo, un vago; antes había servido en algún sitio, pero por su vida de bebedor hacía ya tiempo que lo habían echado. ¡Qué despojo de hombre! Iba vestido Dios sabe cómo. A veces pensabas: «¿Llevará siquiera camisa bajo el capote?». Todo lo que caía en sus manos se lo bebía. Pero no era pendenciero: de carácter manso, tan afectuoso, tan bueno... Y no pedía; le daba vergüenza. En fin, uno mismo veía que el pobre tenía ganas de beber y terminabas invitándolo. Así fue como traté con él; es decir, él se me pegó..., y a mí me daba igual. ¡Y qué hombre! Se te pegaba como un perrillo: tú para allá, y él detrás; y eso que apenas nos habíamos visto una vez, ¡el pobre infeliz! Al principio: «Déjame dormir aquí esta noche». Pues lo dejé. Veo que el pasaporte está en regla: no parece un mal hombre. Luego, al día siguiente, otra vez: «Déjame dormir», y después vino al tercero, se pasó el día entero sentado junto a la ventana; y también se quedó a dormir. Bueno, pensé: «Vaya si se me ha pegado: dale de beber, dale de comer, y encima déjalo dormir en tu casa... Ya bastante tiene uno con ser pobre, como para que además se te suba al cuello un gorrón». Antes también, igual que conmigo, rondaba a otro funcionario: se pegó a él, bebían juntos todo el tiempo; pero aquel se hundió en la bebida y murió de alguna pena. A este lo llamaban Yemeliá, Yemelián Ilich. Y yo venga a pensar: «¿Qué hago con él?». Echarlo me daba reparo, lástima: ¡era un hombre tan mísero, tan perdido, que Dios mío! Y tan callado: no pedía nada, se quedaba ahí sentado, solo te miraba a los ojos como un perrillo. ¡Así es como el alcohol destroza a un hombre! Yo pensaba: «¿Cómo voy a decirle: "Anda, Yemeliánushka, largo de aquí; no tienes nada que hacer en mi casa; has venido a la puerta equivocada; si yo mismo dentro de poco no tendré nada que llevarme a la boca, ¿cómo voy a mantenerte a mi costa?"». Me quedaba pensando: «¿Qué hará si le digo algo así?». Pues bien, me imaginaba, como si estu-

15

viera delante de mí, cuánto rato se quedaría mirándome al oír mis palabras; cuánto rato se quedaría ahí sentado, sin entender ni una sola de las que le decía; y cómo luego, cuando por fin se diera cuenta, se levantaría de la ventana, tomaría su hatillo —lo veo como si fuera ahora mismo: de cuadros, rojo, agujereado— en el que Dios sabe qué envolvía y que llevaba consigo a todas partes; cómo se ajustaría su capotillo para que quedara decente y le abrigara, y para que no se vieran los agujeros... ¡Era un hombre delicado! Cómo después abriría la puerta y saldría al rellano con una lagrimilla. Vamos, que no iba a dejar que el hombre se perdiera del todo... Me dio pena. Y luego pensé: ¿y yo qué? Espera, me digo para mis adentros, Yemeliánushka: poco te queda de banquete en mi casa; pronto me mudaré y entonces no me encontrarás. Pues bien, señor, nos mudamos; entonces todavía vivía Aleksandr Filimónovich, el amo (ahora ya difunto, que Dios lo tenga en la gloria), quien me dijo: «Estoy muy satisfecho contigo, Astafi; cuando regresemos todos de la aldea, no nos olvidaremos de ti: te volveremos a contratar». Yo vivía con ellos como mayordomo; era un buen señor, pero murió aquel mismo año. En fin, después de despedirlos, recogí mis pertenencias; tenía algún dinerillo ahorrado; pensé: «Me tomaré un respiro», y me mudé a casa de una viejecita, le alquilé un rincón. En su casa solo le quedaba aquel espacio libre. También ella había sido niñera en algún sitio; ahora vivía por su cuenta y cobraba una pensión. Y yo pensé: «Bueno, adiós, mi buen Yemeliánushka: ahora no vas a encontrarme». ¿Y qué cree, señor, que pasó?

Regresé al atardecer (había ido a visitar a un conocido) y lo primero que veo al volver es a Yemeliá, sentado sobre mi baúl, con su hatillo de cuadros al lado, con su capotillo puesto, esperándome... Y, de puro aburrimiento, hasta le había cogido a la vieja un libro de iglesia y lo sostenía del revés. ¡Me había encontrado! Se me cayeron los brazos. «En fin, no hay remedio —pensé—: ¿por qué no lo eché desde un buen principio?» Y le pregunté a bocajarro: «¿Has traído el pasaporte, Yemeliá?».

»Entonces, señor, me senté y me puse a reflexionar: "A ver: este hombre vagabundo, ¿me causaría muchas molestias?". Y, después de pensarlo, resultó que la molestia no iba a costar gran cosa. Comer, tiene que comer —me digo—. Pues un pedacito de pan por la mañana y, para que la pitanza sea más sabrosa, le compraré un poco de cebolla. Y al mediodía, otra vez pan y cebollita; y para cenar, también cebolla con kvas y pan..., si le apetece pan. Y si cae por ahí alguna sopa de col, entonces ya los dos nos quedaremos bien saciados. Yo no como mucho; y el que bebe, ya se sabe, no come nada: lo que quiere es un traguillo de aguardiente, un licorcito. "Me arruinará en bebida", pensé; pero, en ese mismo momento, señor, se me cruzó otra cosa por la cabeza... Y vaya si me llegó dentro. Tanto que si Yemeliá se hubiera ido, yo ya no estaría contento con la vida... Decidí entonces ser para él un padre benefactor. "Lo apartaré —me dije— de una mala muerte, le quitaré el gusto por la copita." "A ver, pues —pensé—: está bien, Yemeliá, quédate; pero ahora aquí se obedece: ¡a cumplir órdenes!"

»Y seguí pensando para mis adentros: "Ahora voy a empezar a acostumbrarlo a algún trabajo, pero no de golpe; que primero siga un poco a sus anchas, y mientras tanto yo lo voy calando, a ver para qué, Yemeliá, te encuentro yo alguna aptitud. Porque para cualquier oficio, señor, antes que nada hace falta aptitud humana". Y empecé a observarlo a escondidas. Lo vi: ¡eres un caso perdido, Yemeliánushka! Así que, señor, empecé por hablarle con buenas palabras; de una manera y de otra le digo: "Yemelián Ilich, tú deberías mirarte y tratar de enmendarte. Basta ya de andar de juerga. Fíjate en que vas hecho un andrajo; tu capotillo, con perdón, sirve de colador... ¡Eso no está bien! Ya va siendo hora, me parece, de que sientes la cabeza".

»Y se queda ahí, mi Yemeliánushka, y me escucha con la cabeza gacha. ¡Ay, señor! Había llegado a tal extremo que hasta la lengua se la había bebido: no era capaz de decir una palabra como Dios manda. Tú le hablas de pepinos y él te responde con habas. Me escucha, me escucha largo rato... y al final suelta un suspiro.

»—¿Por qué suspiras, Yemelián Ilich? —le pregunto.

»—Pues por nada, Astafi Ivánich, no se preocupe. Es que hoy dos mujeres, Astafi Ivánovich, se han peleado en la calle y una, sin querer, le ha volcado a la otra un cestillo con arándanos.

»—Bueno, ¿y qué?

»—Y la otra, en respuesta, le ha tirado a propósito su cestillo de arándanos, y encima se ha puesto a pisotearlos.

»—Bueno, ¿y qué pasa, Yemelián Ilich?

»—Pues nada, Astafi Ivánich, lo decía por decir algo.

»Nada, lo decía por decir algo. "¡Ay, vaya con Yemeliá, Yemeliánushka!", pensé. "¡Te has bebido y malgastado la cabecita...!"

»—Y también en la calle Gorójovaia, digo, en la Sadóvaia, a un señor se le ha caído al suelo un billete. Y un campesino que lo ha visto ha dicho: "¡Qué suerte la mía!". Pero entonces también lo ha visto otro, que ha dicho: "¡No! ¡La suerte es mía! ¡Yo lo he visto primero...!".

»—Ya, Yemelián Ilich.

»—Y se han enzarzado los dos campesinos, Astafi Ivánich. Y ha llegado el guardia, ha recogido el billete y se lo ha devuelto al señor, y a los dos campesinos los ha amenazado con meterlos en la garita.

»—Bueno, ¿y qué? ¿Y qué hay de edificante en eso, Yemeliánushka?

»—Pues nada, señor. La gente se reía, Astafi Ivánich.

»—¡Ay, Yemeliánushka! ¡Y qué importa la gente! Has vendido tu almita por una monedita de cobre. Pero ¿sabes, Yemelián Ilich, lo que te voy a decir?

»—¿Qué, señor Astafi Ivánich?

»—Búscate algún trabajo; de verdad, búscatelo. Te lo he dicho ya cien veces, apiádate de ti mismo.

»—Pero ¿qué trabajo voy a buscar, Astafi Ivánich? Ya ni siquiera sé qué hacer conmigo; y a mí, además, no me va a contratar nadie, Astafi Ivánich.

»—Por eso mismo te echaron del servicio, Yemeliá, ¡por borrachín!

19

»—Pues mire: a Vlas, el tabernero, lo han llamado hoy a la oficina, Astafi Ivánich.

»—¿Y para qué lo han llamado, Yemeliánushka? —le pregunté.

»—Pues no sé para qué, Astafi Ivánich. Se ve que allí hacía falta; si lo han requerido, por algo sería...

»"¡Ay!", pensé. "¡Estamos los dos perdidos, Yemeliánushka! ¡Dios nos castiga por nuestros pecados! Bueno, señor, ¿qué se puede hacer con un hombre así?"

»Sin embargo, era un pícaro, ¡y bien pícaro! Me escuchaba, me escuchaba, y luego, al parecer, se cansaba: en cuanto veía que yo me había enfadado, agarraba su capotillo y se esfumaba; ¡adiós muy buenas! Se pasaba el día deambulando y volvía al atardecer, medio bebido. Quién le daba de beber, de dónde sacaba el dinero, solo Dios lo sabe; eso, desde luego, no es culpa mía...

»—No, te lo digo, Yemelián Ilich: ¡Vas a acabar perdiendo la cabeza! Basta de beber, ¿me oyes?, ¡basta! La próxima vez que vuelvas borracho, vas a dormir en la escalera. ¡No te dejaré entrar!

»Después de oír la reprimenda, mi Yemeliá se queda en casa un día, dos; al tercero volvió a escabullirse. Espero y espero... ¡y no viene! Yo, la verdad, me asusté, y también me dio pena. "¿Qué le he hecho?", pensé. "Lo he asustado. ¿Y adónde habrá ido ahora, el pobre desgraciado? Se buscará la ruina, quizá... ¡Dios mío!" Cayó la noche y no venía. A la mañana siguiente salí al zaguán; miro... y resulta que el señorito está durmiendo allí. Había apoyado la cabeza en el escaloncito y ahí estaba tendido; tieso de frío.

»—Pero ¿qué haces, Yemeliá? ¡Dios te ampare! ¿Dónde te has metido?

»—Es que usted..., esto, Astafi Ivánich, el otro día se enfadó, se dignó afligirse... y dijo que me haría dormir en el zaguán; y yo, yo, esto..., no me atreví a entrar, Astafi Ivánich, y me acosté aquí.

»¡Me dio rabia y lástima a la vez!

»—Pero, Yemelián, ¡podrías haberte buscado otro puesto! —le digo—. ¿A cuento de qué te has quedado aquí, para hacer de guardia en la escalera?

»—¿Y qué otro puesto iba a coger, Astafi Ivánich?

»—Pues... aunque seas un alma perdida —le digo (¡me entró tal rabia!)—, por lo menos podrías aprender un poco el oficio de sastre. ¡Mira cómo llevas el capote! No es solo que esté lleno de agujeros: ¡es que encima vas barriendo con él la escalera! Podrías al menos coger una aguja y remendar los rotos, como manda el decoro. ¡Ay, borracho!

»¡Pues qué cree, señor! Agarró la aguja. Yo se lo dije en broma, y él se amedrentó... y la cogió. Se quitó el capotillo y se puso a enhebrar la aguja. Yo lo miraba: lo de siempre, los ojos legañosos, enrojecidos; las manos le temblaban que daba pena. Lo intentaba, lo intentaba... y el hilo no entraba; y cómo achicaba los ojos; y lo humedecía, y lo retorcía entre los dedos... ¡nada! Al final lo tiró y se quedó mirándome...

»—¡Bueno, Yemeliá, vaya favor me has hecho! Si esto hubiera pasado delante de gente, ¡me habrías dejado en ridículo! Pero si yo te lo dije, a ti, un hombre tan sencillo, en guasa, para reñirte... En fin, anda,

Dios te ampare; líbranos del pecado. Quédate como estás, pero no hagas cosas indecorosas: no duermas en las escaleras, no me hagas pasar vergüenza...

»—¿Y qué quiere que haga yo, Astafi Ivánovich?... Si ya lo sé: siempre ando medio borracho y no sirvo para nada... Solo que a usted, mi... mi bene... benefactor, le doy disgustos en vano...

»Y entonces, de pronto, empezaron a temblarle aquellos labios azules; una lágrima le rodó por la blanca mejilla, la lágrima le tembló en la barbita sin afeitar... y mi Yemelián se echó a llorar, y de pronto se le desbordó el llanto, a puñados. ¡Dios santo! Fue como si me dieran un tajo en el corazón.

»Pensé: "¡Mira tú, qué hombre tan sensible! Nunca lo habría pensado. ¿Quién lo iba a saber, quién lo iba a imaginar?... No, me digo, Yemeliá: me desentiendo de ti del todo; ¡piérdete como un trapo viejo!".

»Bueno, señor, ¿para qué seguir contando? Además, todo este asunto es tan vacío, tan miserable, que no vale ni las palabras: usted, para que se haga una idea, no daría por él ni dos monedas melladas; y yo, en cambio, habría dado mucho, si lo hubiera tenido, con tal de que nada de eso hubiera ocurrido. Tenía yo, señor, unos pantalones de montar, al diablo con ellos, unos pantalones buenos, estupendos: azules, de cuadros. Me los había encargado un terrateniente que vino por aquí, pero luego se echó atrás; dijo que le quedaban estrechos. Y así se me quedaron en las manos. Pensé: ¡es una prenda de valor! En el mercadillo quizá me den cinco rublos de plata; y si no, de ellos sacaré dos pantalones para caballero, y todavía me quedará un retal para un chaleco. Al hombre pobre, ya se sabe, a los de nuestra condición, ¡todo le viene bien! Y justo entonces mi Yemeliánushka estaba pasando una época dura, triste. Miro: un día no bebe, el otro tampoco, el tercero no prueba ni gota de alcohol. Se quedó como atontado; daba hasta lástima verlo, sentado, cariacontecido. Y yo pensé: "O bien no tienes dinero, muchacho, o bien tú mismo has entrado por el camino de Dios y has dicho '¡basta!', obedeciendo al sentido común". Y así fue, señor. Y justo entonces llegó una fiesta grande. Me fui a la vigilia; vuelvo y me encuentro a mi Yemeliá sentado en el alféizar, un poco borrachín, balanceándose. "¡Ajá!", pensé, "¡con que esas tenemos!" Y, no sé por qué, me fui derecho al baúl. ¡Miro... y los pantalones no están! Busco por aquí y por allá: ¡desaparecidos! Lo revolví todo; veo que no hay manera... y fue como si algo me rasguñara el corazón. Me lancé hacia la viejecita: primero la calumnié, pequé; y de Yemeliá, aunque la prueba estaba ahí, el hombre borracho, ni se me pasó por la cabeza sospechar.

»—No —dice mi viejecita—, Dios te guarde, caballero: ¿para qué quiero yo unos pantalones? ¿Para ponérmelos, acaso? A mí misma, el otro día, se me perdió una falda por culpa de un buen hombre de los suyos... En fin, no sé nada, no he visto nada.

»—¿Quién ha estado aquí? ¿Quién ha venido? —digo.

»—Nadie, caballero, no ha venido nadie; yo he estado aquí todo el tiempo. Yemelián Ilich ha salido

23

y luego ha vuelto; ahí lo tienes, sentado. Pregúntale a él.

»—Yemeliá —le digo—, ¿no habrás cogido por alguna necesidad mis pantalones nuevos, te acuerdas, los que estábamos haciendo para aquel terrateniente?

»—No —responde—, Astafi Ivánich, yo, es decir, esto... No los he cogido, señor.

»¡Qué contrariedad! De nuevo me puse a buscar, busqué y rebusqué... ¡nada! Entretanto, Yemeliá ahí sentado, balanceándose. Yo estaba, señor, delante de él, en cuclillas junto al baúl, y de pronto lo miré de soslayo... "¡Ay!", pensé, y en ese instante se me prendió el corazón en el pecho; hasta se me subió el color a la cara. Y de pronto Yemeliá también me miró.

»—No —me dijo—, Astafi Ivánich, yo de sus pantalones, esto... Usted quizá piensa que..., pero yo no los he cogido, señor.

»—¿Cómo se han esfumado, pues, Yemelián Ilich?

»—No —me respondió—, Astafi Ivánich; no los he visto en absoluto.

»—¿Entonces qué, Yemelián Ilich? ¿Habrá que creer que, sea como sea, se levantaron ellos solitos y desaparecieron?

»—Puede que sí, que hayan desaparecido solos, Astafi Ivánich.

»En cuanto lo oí, me levanté tal cual estaba, me acerqué a la ventana, encendí la lamparilla y me senté a dar puntadas. Estaba arreglando un chaleco para el funcionario que vivía debajo de nosotros.

Pero por dentro me ardía, me dolía el pecho. Vamos: me habría sido más fácil echar al fuego mi guardarropa entero. Y, claro, Yemeliá debió de oler que la rabia se me había aferrado al corazón. Porque, señor, cuando uno está metido en alguna maldad, la desgracia la huele de lejos, como el pájaro del cielo antes de la tormenta.

»—Pues..., señor Astafi I(vánich —empezó Yemeliánushka (y la vocecilla le temblaba)—, hoy, Antip Projórich, el practicante, se ha casado con la mujer del cochero... con la de aquel que se murió el otro día...

»Yo, es decir, lo miré, señor... y se ve que lo miré con mala cara... Y Yemeliá lo comprendió. Veo que se levanta, se acerca a la cama y empieza a buscar a tientas a su alrededor. Aguardo; trastea un buen rato sin dejar de refunfuñar: "Nada, que no están; ¿adónde habrán ido a parar los condenados?". Espero a ver qué ocurre; veo que Yemeliá se mete debajo de la cama a gatas. Y ya no pude contenerme.

»—¿A qué viene, Yemelián Ilich, eso de arrastrarse a gatas?

»—Pues a ver si están ahí los pantalones, Astafi Ivánich. Miro si no se habrán caído por ahí, en algún lado.

»—Pero ¡qué necesidad tiene usted, señor mío! —le dije (y del enfado empecé a tratarlo de usted)—. ¿Qué necesidad tiene usted, señor mío, de interceder por un hombre pobre y sencillo como yo, restregándose las rodillas en vano?

»—Pues verá, Astafi Iv(ánich, no es por nada... Quizá de alguna manera aparezcan, si se buscan.

»—¡Mmm!... —dije—. ¡Escucha, Yemelián Ilich!

»—¿Qué, Astafi Ivánich? —me dijo.

»—¿No serás tú quien sencillamente me los ha robado, como un ladrón y un estafador, pagándome así el pan y la sal que comparto contigo? —le dije.

»Esto es, hasta tal punto, señor, me alteró el verle restregando las rodillas por el suelo ante mí.

»—Pues no, señor... Astafi Ivánich...

»Y él, tal como estaba, se quedó debajo de la cama, boca abajo. Se quedó allí largo rato; luego salió arrastrándose. Lo observo: el hombre está pálido como una sábana. Se incorporó, se sentó a mi lado en la ventana y así permaneció unos diez minutos.

»—No, Astafi Ivánich —me dijo. Y de pronto se levantó y vino hacia mí; lo veo como si fuera ahora, espantoso como el pecado—. No, Astafi Ivánich —vuelve a decirme—. Yo esos pantalones suyos... esto... yo no he tenido a bien llevármelos...

»Todo él tiembla, se golpea el pecho con un dedo tembloroso, y la vocecita le vibraba de tal modo que yo, señor, me acobardé y me quedé como clavado junto a la ventana.

»—Bueno, Yemelián Ilich —le dije—. Como quiera: perdóneme si yo, hombre estúpido, le he acusado en falso. Y al diablo con los pantalones, se ve que tenían que perderse; no nos perderemos nosotros por unos pantalones. Tenemos manos, gracias a Dios, no iremos a robar... Ni a mendigar a un pobre extraño; nos ganaremos el pan...

»Yemeliá me escuchó, permaneció un buen rato

de pie ante mí y... se sentó. Y así se pasó toda la tarde, sin mover un músculo; yo ya me fui a dormir y Yemeliá seguía sentado en el mismo sitio. Solo por la mañana, veo, ahí está tirado en el suelo desnudo, encogido en su capotillo; se sentía tan humillado que ni se acostó en la cama. Bueno, señor, pues le cogí ojeriza desde aquel momento, es decir, los primeros días lo odié. Como si, digamos, un hijo carnal me hubiera robado y me hubiera causado una ofensa de sangre. "¡Ay —pensaba—, Yemeliá, Yemeliá!" Y Yemeliá, señor, se pasa dos semanas borracho sin tregua. Es decir, se encarnizó del todo, se hundió en la bebida. Se va por la mañana, vuelve tarde por la noche y en dos semanas ni una palabra le oí. O sea, es verdad, la pena lo devoraba, o quería consumirse de alguna manera. Al final, basta, paró; se ve que se lo bebió todo y se sentó otra vez junto a la ventana. Recuerdo, estuvo sentado, callado, tres días; de pronto miro: el hombre llora. O sea, está sentado, señor, y llora, ¡y de qué manera! Es decir, era una fuente, como si él mismo no oyera cómo derramaba las lágrimas. Y fue duro, señor, ver a un hombre adulto, y además un anciano, como Yemeliá, empezar a llorar de pena y tristeza.

»—¿Qué te pasa, Yemeliá? —le dije.

»Y empezó a temblar de la cabeza a los pies. Dio un respingo. Era la primera vez desde entonces que le dirigía la palabra.

»—Nada... Astafi Ivánich.

»—¡Por Dios, Yemeliá, al diablo con todo, da igual! ¿Por qué estás ahí sentado como un búho? —Me dio lástima.

»—No, si yo... Astafi Ivánich, si yo no... Quisiera aceptar algún trabajo, Astafi Ivánich.

»—Pero ¿qué trabajo vas a aceptar tú, Yemelián Ilich?

»—Pues alguno, señor. A lo mejor encuentro algún puesto, como antes; ya fui a pedirle a Fedoséi Ivánovich... No está bien que yo le ofenda a usted, Astafi Ivánich. Yo, Astafi Ivánich, en cuanto quizá encuentre el puesto, se lo devolveré todo y le recompensaré toda la manutención.

»—Basta, Yemeliá, basta; bueno, hubo un pecado, y bueno, ¡ya pasó! ¡Al diablo con ello! Vivamos como antes.

»—No, señor, Astafi Ivánich, usted quizá siga, esto... Pero yo sus pantalones no he tenido a bien tomarlos...

»—Bueno, como quieras. ¡Allá tú, Yemeliánushka!

»—No, señor, Astafi Ivánich, no es decente que siga viviendo así en su casa. Discúlpeme, Astafi Ivánich.

»—Pero Dios te asista —le dije—. ¿Quién te ofende, Yemelián Ilich, quién te echa de casa, acaso yo?

»—No, señor, no es decente que yo viva así en su casa, Astafi Ivánich... Mejor será que me vaya...

»Es decir, se ofendió mucho, al hombre se le había metido aquello en la cabeza. Lo miro y veo que ya se ha levantado y se echa el capotillo sobre el hombro.

»—Pero ¿adónde vas, Yemelián Ilich? Entra en razón: ¿qué haces?, ¿adónde vas a ir?

»—No, adiós ya, Astafi Ivánich, no me retenga más —y otra vez lloriqueando—; me voy, antes de que sea peor, Astafi Ivánich. Usted ya no es el mismo de antes.

»—¿Que no soy el mismo? ¡Claro que lo soy! Pero tú, como una criatura, sin juicio, te perderás solo, Yemelián Ilich.

»—No, Astafi Ivánich, usted ahora, cuando sale, cierra el baúl con llave, y yo, Astafi Ivánich, lo veo y lloro... No, mejor déjeme marchar, Astafi Ivánich, y perdóneme todo aquello en lo que le haya ofendido durante nuestra convivencia.

»¿Y qué cree, señor? Se fue. Espero un día, pienso: "Volverá al anochecer". ¡Nada! Segundo día, nada; tercero, nada. Me asusté, la angustia me removía por dentro; no bebo, no como, no duermo. ¡El hombre me había desarmado por completo! Al cuarto día salí a buscarlo, me asomé a todos los tugurios, pregunté... nada, ¡mi Yemeliánushka había desaparecido! "¿Habrás acabado ya de cargar con tu desdichada cabeza? —pensaba—. Quizá has reventado borrachito junto a alguna cerca y ahora estás ahí tirado como un tronco podrido." Volví a casa, ni vivo ni muerto. Al día siguiente, decidí salir de nuevo a buscarlo. Y me maldecía a mí mismo por haber consentido que aquel estúpido se fuera por su propia voluntad. Y, de pronto, miro: al amanecer, el quinto día (era festivo), la puerta chirría. Veo que entra Yemeliá: amoratado, con el pelo lleno de mugre, como si hubiera dormido en la calle; flaco como una astilla; se quitó el capotillo, se sentó en mi baúl y me miró. Me alegré, pero la angustia se me soldó al alma más que antes. Porque, señor, las cosas son así: si yo, por ejemplo, hubiera cometido un pecado humano como ese, le doy mi palabra: antes habría reventado como un perro que presentarme de vuelta. ¡Pero Yemeliá volvió! Bueno, claro, es duro ver a un hombre en semejante estado. Empecé a mimarle, a cuidarlo, a consolarlo.

»—Bueno —le dije—, Yemeliánushka, me alegro de que hayas vuelto. Un poco más y hoy también habría salido a los tugurios a buscarte. ¿Has comido?

»—Comí, Astafi Ivánovich.

»—Venga ya, ¿qué has comido? Mira, hermano: ha quedado un poco de sopa de col de ayer; estaba hecha con carne, no era de las aguadas; y aquí hay cebolla y pan. Come —le dije—: no le vendrá mal a tu salud.

»Se lo serví; y ahí fue cuando vi que quizá llevaba tres días enteros sin probar bocado, ¡tal era el apetito que mostró! O sea: el hambre lo trajo de vuelta. Me enternecí mirándolo, al pobrecillo. "Venga —pienso—, voy a correr a la taberna. Le traeré algo para que se desahogue, y acabemos con esto, ¡basta! ¡Ya no te guardo rencor, Yemeliánushka!"

»Traje un traguito. Toma —le digo—, Yemelián Ilich, bebamos por la fiesta. ¿Quieres beber? Es bueno para la salud.

»Alargó la mano, la alargó con avidez, ya estaba a punto de cogerlo, pero se detuvo; esperó un momento; miro: lo coge, se lo lleva a la boca, le salpica el vodka en la manga. No; se lo llevó otra vez a la boca, pero enseguida lo dejó en la mesa.

»—¿Qué pasa, Yemeliánushka?

»—Pues nada; yo, esto... Astafi Iványich...

»—¿No vas a beber?

»—Es que yo, Astafi Iványich, esto... no voy a beber más, Astafi Iványich.

»—¿Cómo, has decidido dejarlo del todo, Yemeliánushka, o solo hoy no quieres?

»Se quedó callado. Veo que, al cabo de un momento, apoya la cabeza en el brazo.

»—¿Qué te pasa? ¿No estarás enfermo, Yemeliá?

»—Pues sí, no me encuentro bien, Astafi Iványich.

»Lo tomé y lo acosté en la cama. Miro, y de verdad estaba mal: la cabeza le arde y los escalofríos lo sacuden. Me pasé el día a su lado; por la noche, empeoró. Le mezclé kvas con aceite y cebolla, y le desmigajé un poco de pan. "Anda —le digo—, come un poco de *sopa*, quizá te sientas mejor." Niega con la cabeza. "No —dijo—, hoy ya no voy a comer, Astafi Iványich." Le preparé té, tuve a la viejecita de cabeza todo el día... Nada, no mejoraba. Bueno, pienso, mal asunto. A la tercera mañana fui al médico. Vivía cerca uno conocido, Kostoprávov. Nos conocía de antes, de cuando yo estaba al servicio de los señores Bosomiaguin: él me trató entonces. Vino el médico, lo examinó. "Pues no —dijo—, la cosa está mal. No hacía falta ni mandar a buscarme —continuó—. Bueno, si acaso, démosle unos polvos." Los polvos no se los di; pensé: el médico lo dice por cumplir. Entretanto llegó el quinto día.

»Estaba ahí tendido, señor, ante mí, agonizando. Yo estaba sentado junto a la ventana, con la labor en las manos. La viejecita encendía la estufa. Todos callábamos. A mí, señor, se me partía el corazón por aquel borracho sin remedio, como si estuviera enterrando a un hijo mío. Sabía que Yemeliá me estaba mirando ahora; desde por la mañana había visto que el hombre se contenía, que quería decir algo, pero, por lo visto, no se atrevía. Al fin lo miré; tenía tal angustia en los ojos, el pobre infeliz, no los apartaba de mí; pero en cuanto vio que yo lo miraba, al instante los bajó.

»—¡Astafi Ivánich!

»—¿Qué, Yemeliánushka?

»—Pues si..., por ejemplo, lleváramos mi capotillo al mercadillo, ¿cuánto darían por él, Astafi Ivánich?

»—Pues —dije—, vete a saber cuánto. A lo mejor hasta un billete de tres rublos, Yemelián Ilich.

»Aunque, si de verdad lo hubiera llevado, no le habrían dado nada, salvo reírse en su cara por intentar vender una prenda tan miserable. Se lo dije solo para consolarlo, al infeliz, hombre de Dios, conociendo su carácter simplón.

»—Y yo que pensaba, Astafi Ivánich, que darían tres rublos de plata por él; es una prenda de paño, Astafi Ivánich. ¿Cómo solo un billete de tres, si es de paño?

»—No sé —dije—, Yemelián Ilich; si quieres llevarlo, pues, claro, habrá que pedir tres rublos de entrada.

»Yemeliá se quedó un rato callado; luego vuelve a llamarme:

»—¡Astafi Ivánich!

»—¿Qué, Yemeliánushka? —le pregunté.

»—Venda el capotillo cuando yo muera y no me entierre con él puesto. Yaceré tal cual; es una prenda de valor, a usted puede servirle.

»Ahí, señor, se me oprimió el corazón de un modo que no puedo ni contar. Veía que la angustia del que se sabe muriendo se le estaba acercando. Volvimos a callar. Pasó así como una hora. Volví a mirarlo: seguía con los ojos puestos en mí, pero cuando nuestras miradas se encontraron, volvió a bajarlos.

»—¿Quieres un poco de agua, Yemelián Ilich? —le dije.

»—Deme un poco, Dios se lo pague, Astafi Ivánich.

»Le di de beber. Tomó un sorbo.

»—Se lo agradezco —dijo—, Astafi Ivánich.

»—¿Necesitas algo más, Yemeliánushka?

»—No, Astafi Ivánich; no necesito nada; solo que yo, esto...

»—¿Qué?

»—Pues de eso...

»—¿Qué pasa, Yemeliánushka?

»—Los pantalones... esto... fui yo quien los cogió entonces... Astafi Ivánich...

»—¡Bueno —le dije—, que Dios te perdone, Yemeliánushka, pobre desdichado, menudo eres, granuja, sinvergüenza! Vete en paz...

»Y a mí mismo, señor, se me cortó la respiración y me brotaron las lágrimas a borbotones; me volví un momento hacia otro lado.

»—Astafi Ivánich...

»Lo miro: Yemeliá quiere decirme algo; se incorpora, hace un esfuerzo, mueve los labios... De pronto se le enrojece toda la cara, me mira... De repente veo que vuelve a palidecer, a palidecer, se consumió en un instante; echó la cabeza hacia atrás, exhaló una vez y entregó el alma a Dios...

El cocodrilo

Un lance extraordinario, o un passage
el Passage.[1] *Relato verídico de cómo
un caballero, de cierta edad y de cierto
aspecto, fue engullido vivo por el cocodrilo
del Passage, entero y sin dejar rastro,
y de lo que de ello resultó*

*Ohè, Lambert! Où est Lambert?
As-tu vu Lambert?*[2]

1. En ruso coloquial, *passage* significa «incidente», «caso curioso», «episodio singular». El Passage es una popular galería comercial cubierta situada en la avenida Nevski, la arteria principal de San Petersburgo.
2. Latiguillo popular que se convirtió en una epidemia verbal en París durante las festividades del 15 de agosto de 1864. Según las crónicas de la época, el origen del grito fue una anécdota banal: una mujer perdió a su marido, llamado Lambert, en una estación de tren y comenzó a buscarlo; otros viajeros se

I

El 13 de enero del presente año de 1865, pasado el mediodía, Yelena Ivánovna, esposa de Iván Matvéich —mi instruido amigo, compañero de servicio y pariente lejano en cierto grado—, manifestó el deseo de ver el cocodrilo que se exhibe en el Passage, previo pago de la entrada. Con el billete al extranjero ya en el bolsillo (no tanto por motivos de salud como por afán de saber) y, por consiguiente, considerándose ya administrativamente de permiso y, por ende, del todo libre de obligaciones aquella mañana, Iván Matvéich no solo no puso trabas al irrefrenable deseo de su esposa, sino que él mismo se encendió de curiosidad.

—Magnífica idea —dijo con total satisfacción—: ¡iremos a ver al cocodrilo! Al disponerse uno a ir a Europa, no viene mal conocer ya *in situ* a los aborígenes que la pueblan. Y, con estas palabras, tomó del brazo a su esposa y se dirigió con ella acto seguido al Passage. Yo, como de costumbre, me acoplé a ellos en calidad de amigo de la casa. Jamás había visto a Iván Matvéich en una disposición de ánimo más agradable que en aquella mañana memorable para mí: ¡cierto es que no conocemos de antemano nues-

---

unieron a la búsqueda gritando su nombre, y la frase se trasladó a París, donde la multitud comenzó a repetirla incesantemente sin motivo alguno, convirtiéndose en una especie de «monomanía» colectiva que resonaba en teatros y calles. Con este epígrafe, Dostoievski parodia la vacuidad y el carácter contagioso de las ideas progresistas y liberales de su época.

tro destino! Al entrar en el Passage, se puso a admirar al instante la magnificencia del edificio; y, al acercarse a la tienda donde se mostraba al monstruo recién traído a la capital, él mismo incluso quiso pagar por mí al «cocodrilero» el cuarto de rublo de la entrada, algo que nunca había ocurrido con él. Al entrar en la pequeña estancia, observamos que en ella, además del cocodrilo, se alojaban unos loros de la raza extranjera cacatúa y, además, un grupo de monos en un armario especial en un hueco. Justo a la entrada, junto a la pared izquierda, había una gran caja de hojalata a modo de bañera, cubierta con una recia malla de hierro; en el fondo, apenas unos dedos de agua. En aquel charco poco profundo se conservaba un enorme cocodrilo, que yacía como un tronco, absolutamente inmóvil y, al parecer, privado ya de todas sus facultades por nuestro clima húmedo e inhóspito para los extranjeros. Sin embargo, dicho monstruo, de entrada, no despertó en ninguno de nosotros una curiosidad especial.

—¡Conque eso es el cocodrilo...! —dijo Yelena Ivánovna con voz de lamento y cierto canturreo—. Y yo que pensaba que era... ¡de otra manera!

Lo más probable es que pensara que era de diamantes. El alemán que salió a recibirnos, el dueño, el propietario del cocodrilo, nos miraba con aire de extraordinario orgullo.

—Se comprende —me susurró Iván Matvéich—, pues sabe que ahora es el único en toda Rusia que exhibe un cocodrilo.

Atribuyo esta observación, completamente absurda, a ese humor en exceso complaciente que se había adueñado de Iván Matvéich, quien en otras ocasiones era muy envidioso.

—Me parece que su cocodrilo no está vivo —dijo de nuevo Yelena Ivánovna, molesta por la rigidez del dueño y, recurriendo a una maniobra muy propia de las mujeres, le dirigió una graciosa sonrisa para doblegar a aquel patán.

—Oh, no, *madame* —respondió aquel en un ruso chapurreado y, acto seguido, levantó hasta la mitad la malla de la caja y empezó a pinchar al cocodrilo en la cabeza con un palito.

Entonces el taimado monstruo, para dar muestras de vida, movió ligeramente las patas y la cola, alzó el hocico y emitió algo parecido a un resoplido prolongado.

—¡Vaya, no te enfades, Karlchen! —dijo cariñosamente el alemán, cuyo amor propio había quedado satisfecho.

—¡Qué asco de cocodrilo! Hasta me he asustado —balbuceó Yelena Ivánovna con mayor coquetería aún—; ahora se me aparecerá en sueños.

—Pero en sueños no la morderá, *madame* —atajó el alemán con galantería relamida, y fue el primero en reírse de su propia gracia, pero ninguno de nosotros lo secundó.

—Vámonos, Semión Semiónich —prosiguió Yelena Ivánovna, dirigiéndose exclusivamente a mí—; mejor veamos los monos. Adoro los monos; son un encanto... Y el cocodrilo es horroroso.

—¡Oh, no tengas miedo, querida! —nos gritó a la espalda Iván Matvéich, dándoselas de valiente ante su esposa con aire complacido—. Ese soñoliento habitante del reino de los faraones no nos hará nada.

Y se quedó junto a la caja. Es más: tomando su guante, se puso a hacerle cosquillas con él al cocodrilo en el hocico, con el propósito, según confesó más tarde, de obligarlo a resoplar de nuevo. El dueño, por su parte, siguió a Yelena Ivánovna, como correspondía tratándose de una dama, hasta el armario de los monos.

Así pues, todo marchaba a las mil maravillas y nada hacía presagiar lo que iba a ocurrir. Yelena Ivánovna se entretuvo con los monos hasta el punto de la travesura y, al parecer, se entregó a ellos por completo. Daba gritos de placer, dirigiéndose continuamente a mí, como si no deseara prestar la menor atención al dueño, y se reía a carcajadas por el parecido que encontraba entre aquellos macacos y sus amigos y conocidos más íntimos. También yo me divertí, pues el parecido era indudable. El propietario alemán no sabía si reírse o no, y por ello, hacia el final, acabó frunciendo el ceño. Y he aquí que, en ese preciso instante, de repente, un grito terrible, podría incluso decir antinatural, estremeció la habitación. Sin saber qué pensar, al principio me quedé helado en el sitio; pero, al notar que ya gritaba también Yelena Ivánovna, me volví rápidamente y... ¡qué fue lo que vi! Vi —¡oh, Dios!—, vi al desgraciado Iván Matvéich en las terribles mandíbulas del cocodrilo, apresado por ellas a la altura de la cintura, levantado ya horizontalmente en el aire y pataleando con desesperación. Luego, un instante, y dejó de estar allí. Pero lo describiré con detalle, porque me quedé todo el tiempo inmóvil y logré observar todo el proceso que se desarrollaba ante mí con una atención y una curiosidad como no recuerdo haber sentido nunca. «Pues —pensaba yo en aquel minuto fatal—, ¿qué pasaría si en lugar de a Iván Matvéich todo esto me hubiera ocurrido a mí? ¡Qué contrariedad me habría supuesto entonces!» Pero a lo que iba... El cocodrilo empezó por lo siguiente: volviendo al pobre Iván Matvéich en sus terribles mandíbulas con las piernas hacia sí, se tragó primero las piernas mismas; luego, tras regurgitar un poco a Iván Matvéich, que intentaba saltar fuera y se aferraba con las manos a la caja, volvió a succionarlo hacia su interior, ya por encima de la cintura. Después, tras regurgitar otro poco, lo engulló una y otra vez. De este modo, Iván Matvéich desaparecía visiblemente ante nuestros ojos. Finalmente, tras la deglución definitiva, el cocodrilo absorbió en su interior a la totalidad de mi instruido amigo y, esta vez, ya sin dejar rastro alguno de él. En la superficie del cocodrilo se podía notar cómo Iván Matvéich pasaba por sus entrañas con todas sus formas. Yo ya me disponía a gritar de nuevo, cuando de pronto el destino quiso gastarnos una broma traicionera una vez más: el cocodrilo hizo un esfuerzo, probablemente atragantándose por la enormidad del objeto engullido, volvió a abrir todas sus terribles fauces y de ellas, a modo de último eructo, emergió de pronto por un segundo la cabeza de Iván Matvéich, con una expresión desesperada en el rostro, al tiempo que sus gafas se le caían al instante de la nariz al fondo de la caja. Parecía que aquella cabeza desesperada solo había salido para lanzar una última mirada a todos los objetos y despedirse mentalmente de todos los placeres mundanos. Pero no logró su propósito: el cocodrilo volvió a reunir fuerzas, tragó y, al instante, la cabeza desapareció de nuevo, esta vez para siempre. Esta aparición y desaparición de una cabeza humana aún viva fue tan terrible, pero al mismo tiempo —fuera por la rapidez y lo inesperado de la acción, o a consecuencia de la caída de las gafas de la nariz— encerraba algo tan cómico, que de repente y de forma totalmente inesperada solté un bufido de risa; pero, cayendo en la cuenta de que reírse en un momento así era indecoroso para mí en mi calidad de amigo de la casa, me volví al instante hacia Yelena Ivánovna y con aire compasivo le dije:

—¡Ahora sí que nuestro Iván Matvéich está *kaputt*!

No puedo ni siquiera pensar en expresar hasta qué grado fue intensa la agitación de Yelena Ivánovna durante todo el proceso. Al principio, tras el primer grito, se quedó como petrificada en el sitio y contemplaba el barullo que se presentaba ante ella con aparente indiferencia, pero con los ojos desorbitados en extremo; luego, de pronto, prorrumpió en un alarido desgarrador, pero yo la agarré de las manos. En ese instante también el dueño, al principio aturdido por el terror, juntó las manos en alto y gritó, mirando al cielo:

—¡Oh, mi cocodrilo, *oh, mein allerliebster Karlchen*! ¡*Mutter, mutter, mutter*![3]

Ante este grito se abrió la puerta trasera y apareció la *Mutter*, con cofia, rubicunda, anciana, pero

3. Del alemán: ¡oh, mi queridísimo Karlchen! ¡Madrecita!

desgreñada, y con un chillido se lanzó hacia su alemán.

Fue entonces cuando comenzó una Sodoma: Yelena Ivánovna gritaba, como una posesa, una sola palabra: «¡Rajadlo! ¡Rajadlo!», y se abalanzaba sobre el dueño y sobre la *Mutter*, al parecer suplicándoles —probablemente en su enajenación— que abrieran a alguien o algo. El dueño y la *Mutter*, sin embargo, no nos prestaban atención a ninguno de nosotros: ambos aullaban, como becerros, junto a la caja.

—¡Él *morirr*, él ahora mismo *reventarr*, porque él *tragarr ganz*[4] funcionario! —gritaba el dueño.

—*Unser Karlchen, unser allerliebster Karlchen wird sterben!*[5] —aullaba la mujer.

—¡Nosotros huérfanos y sin pan! —secundaba el dueño.

—¡Rajadlo, rajadlo, rajadlo! —se desgañitaba Yelena Ivánovna, aferrada a la levita del alemán.

—¡Él *provocarr* cocodrilo! ¿Por qué su marido provocar cocodrilo? —gritaba el alemán, defendiéndose a manotazos—. ¡Usted *pagarr*, si Karlchen *wird reventarr... Das war mein Sohn, das war mein einziger Sohn!*[6]

Confieso que sentí una terrible indignación al ver tal egoísmo en el forastero alemán y tal sequedad de corazón en su desgreñada *Mutter*; y no menos

4. Todo, entero.
5. ¡Nuestro Karlchen, nuestro queridísimo Karlchen va a morir!
6. ¡Era mi hijo, era mi único hijo!

ante los incesantes gritos de Yelena Ivánovna: «¡Rajadlo, rajadlo!», que avivaban aún más mi inquietud y acabaron por acaparar toda mi atención, hasta el punto de que llegué a asustarme... Lo diré por adelantado: entendí aquellas extrañas exclamaciones de un modo totalmente erróneo; me pareció que Yelena Ivánovna había perdido por un instante el juicio, pero que, no obstante, deseando vengar la muerte de su amado Iván Matvéich, proponía, a modo de la satisfacción que se le debía, castigar al cocodrilo con azotes. Sin embargo, ella se refería a algo muy distinto. Mirando hacia la puerta no sin turbación, empecé a suplicar a Yelena Ivánovna que se calmara y, sobre todo, que no empleara la delicada palabra *rajadlo*. Pues semejante deseo retrógrado aquí, en el corazón mismo del Passage y de la sociedad instruida, a dos pasos de la misma sala donde, tal vez, en ese preciso instante el señor Lavrov[7] dictaba una conferencia pública, no solo era imposible, sino impensable, y de un momento a otro podía atraer sobre nosotros los silbidos de la gente instruida y las caricaturas del señor Stepánov.[8] Para mi horror, mis temerosas sospechas resultaron inmediatamente ciertas: de pronto se apartó la cortina que separaba la

7. Piotr Lavrov (1823-1900), filósofo, uno de los líderes y teóricos del populismo revolucionario, impartió conferencias públicas en la sala del Passage. Especial resonancia social tuvieron sus tres conferencias «Sobre el significado contemporáneo de la filosofía», pronunciadas en noviembre de 1860.

8. Nikolái Aleksándrovich Stepánov (1807-1877), dibujante y caricaturista, redactor y editor de revistas satíricas de orientación democrática.

sala del cocodrilo del cuartucho de entrada donde se cobraban los cuartos de rublo, y en el umbral apareció una figura con bigote, barba y gorra en la mano, que inclinaba la parte superior del cuerpo muy pronunciadamente hacia delante y procuraba con gran prudencia mantener los pies tras el umbral de la sala del cocodrilo, para reservarse el derecho a no pagar la entrada.

—Semejante deseo retrógrado, señora mía —dijo el desconocido, esforzándose por no vencerse de algún modo hacia nuestro lado y mantenerse tras el umbral—, dice muy poco en favor de su desarrollo y se debe a una falta de fósforo en su cerebro. Inmediatamente la vapulearán a usted en la crónica del progreso y en nuestros pasquines satíricos...

Pero no terminó: el dueño, recobrando el juicio y viendo con horror a un hombre que hablaba en la sala del cocodrilo sin haber pagado nada por ello, se abalanzó con furia sobre el progresista desconocido y lo echó a empellones por el pescuezo. Por un minuto ambos desaparecieron de nuestra vista tras la cortina, y solo entonces caí yo finalmente en la cuenta de que todo aquel barullo había surgido de la nada. Yelena Ivánovna resultaba ser completamente inocente: tal como ya observé más arriba, ella no pensaba en absoluto someter al cocodrilo al retrógrado y humillante castigo de los azotes, sino que simple y llanamente deseaba que le abrieran la barriga con un cuchillo y de ese modo liberaran de sus entrañas a Iván Matvéich.

—¡Cómo! ¡Vos *querrer* que mi cocodrilo *perderr*! —aulló el dueño entrando de nuevo a la carrera—.

¡*Nein*, que su marido primero *perderr*, y luego cocodrilo!... ¡*Mein Vater* mostró cocodrilo, *mein Grossvater* mostró cocodrilo, *mein Sohn* mostrará cocodrilo, y yo *mostrar* cocodrilo! ¡Todos *mostrar* cocodrilo! Yo *ganz* Europa conocido, y vos desconocida *ganz* Europa y a mí pagar multa.

—¡*Ja, ja!* —secundó la maligna alemana—. ¡Nosotros no dejar salir a ustedes, multa, cuando Karlchen *reventarr*!

—Y además es inútil rajarlo —añadí yo con calma, deseando llevarme a Yelena Ivánovna cuanto antes a casa—, pues nuestro querido Iván Matvéich, con toda probabilidad, se halla ahora planeando por algún lugar del empíreo.

—Amigo mío —sonó en ese minuto, de forma del todo inesperada, la voz de Iván Matvéich, que nos asombró hasta el extremo—, amigo mío, mi opinión es que hay que actuar directamente a través de la oficina del inspector, pues el alemán no comprenderá la verdad sin ayuda de la policía.

Estas palabras, pronunciadas con firmeza, con peso y reveladoras de una presencia de ánimo extraordinaria, al principio nos asombraron hasta tal punto que casi nos negamos a dar crédito a nuestros oídos. Pero, como es natural, corrimos al instante hacia la caja del cocodrilo y escuchamos al infeliz cautivo con tanta reverencia como incredulidad. Su voz era sorda, aflautada e incluso chillona, como si saliera de una distancia considerable respecto a nosotros. Se parecía a cuando algún bromista, yéndose a otra habitación y tapándose la boca con una almohada corriente de dormir, empieza a gritar, queriendo representar para el público que se ha quedado en la otra sala cómo se llaman dos campesinos en el desierto o estando separados por un profundo barranco; cosa que tuve el placer de escuchar en una ocasión en casa de unos conocidos míos durante las fiestas navideñas.

—Iván Matvéich, querido, así que... ¡estás vivo! —balbuceó Yelena Ivánovna.

—Vivo y sano —respondió Iván Matvéich—, y gracias al Altísimo he sido engullido sin sufrir daño alguno. Me preocupa únicamente cómo verán las autoridades este episodio; pues, habiendo recibido el permiso para el extranjero, he ido a parar a un cocodrilo, lo cual no es ni siquiera ingenioso...

—Pero, querido, no te preocupes por el ingenio; lo primero es sacarte de ahí a fuerza de hurgar, como sea —le interrumpió Yelena Ivánovna.

—¡*Hurgarr!* —gritó el dueño—. Yo no dejar *hurgarr* cocodrilo. Ahora *públicum* va a venir mucho más, y yo *pedirr fünfzig*[9] kopeks, y Karlchen dejar de *reventarr*.

—¡*Gott sei Dank!*[10] —secundó la dueña.

—Tienen razón —observó con calma Iván Matvéich—: el principio económico ante todo.

—¡Amigo mío! —grité yo—, ahora mismo vuelo a ver a los jefes y presentaré una queja, pues presiento que nosotros solos no vamos a desenredar este entuerto.

—Yo pienso lo mismo —observó Iván Matvéich—,

9. Cincuenta.
10. Gracias a Dios.

pero sin una compensación económica es difícil en nuestro siglo de crisis comercial rajar de balde la barriga de un cocodrilo; y, entretanto, se plantea una pregunta inevitable: ¿qué cobrará el dueño por su cocodrilo? Y con ella, otra: ¿quién lo pagará? Pues, como sabes, yo carezco de medios...

—Quizá a cuenta del sueldo... —apunté tímidamente, pero el dueño me interrumpió al instante:

—¡Yo no *venderr* cocodrilo, yo tres mil *venderr* cocodrilo, yo cuatro mil *venderr* cocodrilo! ¡Ahora *públicum* va a venir mucho! ¡Yo cinco mil *venderr* cocodrilo!

En una palabra, se ponía insoportablemente gallito; la codicia y una vil avidez brillaban con alegría en sus ojos.

—¡Me voy! —grité indignado.

—¡Y yo! ¡Y yo también! Iré a ver al mismísimo Andréi Ósipich, lo ablandaré con mis lágrimas —gimió Yelena Ivánovna.

—No hagas eso, querida —la interrumpió apresuradamente Iván Matvéich, pues hacía tiempo ya que tenía celos de Andréi Ósipich y sabía que a ella le encantaba ir a llorar ante un hombre instruido, porque las lágrimas le sentaban muy bien—. Y a ti, amigo mío, tampoco te lo aconsejo —continuó, dirigiéndose a mí—; no hay que ir directamente, de esta manera, a tontas y a locas; quién sabe qué saldría de eso. Mejor pásate hoy, así, como en visita privada, por casa de Timoféi Semiónich. Es un hombre anticuado y de pocas luces, pero sólido y, sobre todo, recto. Dale recuerdos de mi parte y descríbele las circunstancias del caso. Y puesto que le debo siete rublos del último *yeralash*,[11] entrégaselos aprovechando la ocasión: eso ablandará al severo anciano. En cualquier caso, su consejo puede servirnos de guía. Y ahora llévate de momento a Yelena Ivánovna... Tranquilízate, querida —continuó diciéndole a ella—, estoy cansado de todos estos gritos y trifulcas femeninas y deseo echar una cabezadita. Aquí se está caliente y blando, aunque aún no he tenido tiempo de inspeccionar este refugio tan inesperado para mí...

—¡Inspeccionar! Pero ¿acaso tienes luz ahí? —exclamó jubilosa Yelena Ivánovna.

—Me rodea una noche impenetrable —respondió el pobre cautivo—, pero puedo palpar y, por así decirlo, inspeccionar con las manos... Adiós, pues, mantén la calma y no te prives de distracciones. ¡Hasta mañana! Y tú, Semión Semiónich, pásate a verme por la tarde, y como eres distraído y se te puede olvidar, hazte un nudo en el pañuelo...

Confieso que me alegré de irme, porque estaba demasiado cansado y, en parte, también aburrido. Tomé apresuradamente del brazo a la alicaída, pero embellecida por la agitación, Yelena Ivánovna y la saqué cuanto antes de la sala del cocodrilo.

—¡Por la tarde, otra vez un cuarto de rublo por la entrada! —nos gritó el dueño a la espalda.

—¡Oh, Dios, qué codiciosos son! —dijo Yelena Ivánovna, mirándose en cada espejo de los pilares

---

11. Juego de cartas ruso del siglo XIX, emparentado con el whist. La palabra en sí significa «batiburrillo», «revoltijo». Pasatiempo típico de funcionarios y pequeña burguesía.

del Passage y cobrando conciencia visiblemente de que se había puesto más guapa.

—El principio económico —respondí yo con leve agitación, orgulloso de mi dama ante los transeúntes.

—El principio económico... —arrastró ella las palabras con voz simpática—. No he entendido nada de lo que decía hace un momento Iván Matvéich sobre ese asqueroso principio económico.

—Yo se lo explicaré —respondí, e inmediatamente empecé a hablarle de los beneficiosos resultados de atraer capitales extranjeros a nuestra patria, asunto sobre el que había leído esa misma mañana en *Las Noticias de Petersburgo* y en *El Pelo*.

—¡Qué extraño es todo esto! —interrumpió ella, tras escuchar un rato—; pero pare ya, odioso, qué tonterías dice... Dígame: ¿estoy muy colorada?

—¡Usted está hermosa, no colorada! —observé, aprovechando la ocasión para soltar un cumplido.

—¡Travieso! —balbuceó ella con autocomplacencia—. Pobre Iván Matvéich —añadió un minuto después, inclinando coquetamente la cabecita sobre el hombro—; la verdad es que me da pena, ¡ah, Dios mío! —gritó de repente—. Dígame: ¿cómo va a comer hoy ahí dentro y... y... cómo lo hará... si tiene alguna necesidad?

—Una cuestión imprevista —respondí, también perplejo. A decir verdad, a mí ni se me había pasado por la cabeza; ¡hasta tal punto son las mujeres más prácticas que nosotros, los hombres, en la solución de los problemas vitales!

—Pobrecillo, cómo se ha metido ahí... y sin ninguna distracción, y a oscuras... qué rabia no tener ningún retratito fotográfico suyo... Así que ahora soy algo así como una viuda —añadió con una sonrisa seductora, evidentemente interesada en su nueva situación—, mmm... ¡Aun así me da pena!

En fin, expresaba la angustia, muy comprensible y natural, de una esposa joven e interesante por su marido desaparecido. La llevé finalmente a casa, la tranquilicé y, tras cenar con ella, después de una taza de aromático café, me dirigí a las seis en punto a casa de Timoféi Semiónich, calculando que a esa hora todas las personas con familia y ocupaciones definidas están sentadas o tumbadas en sus casas.

Habiendo redactado este primer capítulo con un estilo decoroso y acorde al suceso relatado, tengo la intención de emplear en lo sucesivo un estilo que, si bien no tan elevado, será en cambio más natural, de lo cual aviso por adelantado al lector.

II

El respetable Timoféi Semiónich me recibió con cierta precipitación y como un poco turbado. Me condujo a su estrecho despacho y cerró bien la puerta: «Para que los niños no molesten», dijo con visible inquietud. Luego me hizo sentar en una silla junto al escritorio; él se acomodó en una butaca, se cruzó los faldones de su vieja bata guateada y adoptó, por si acaso, un aire oficial, casi severo, aunque no era en absoluto jefe mío ni de Iván Matvéich, sino que se le consideraba hasta ahora un compañero normal y corriente e incluso un conocido.

—Ante todo —empezó—, tenga en cuenta que no soy un superior, sino un subalterno exactamente igual que usted y que Iván Matvéich... Soy parte ajena, señor, y no tengo intención de involucrarme en nada.

Me sorprendió que, al parecer, él ya lo supiera todo. A pesar de ello, le conté de nuevo toda la historia en detalle. Hablé incluso con emoción, pues en ese momento cumplía con el deber de un verdadero amigo. Me escuchó sin especial asombro, pero con una señal manifiesta de desconfianza.

—Imagínese —dijo tras escucharme—, siempre supuse que a él le ocurriría necesariamente algo así.

—¿Por qué razón, señor Timoféi Semiónich? El caso es, de por sí, sumamente insólito...

—Estoy de acuerdo. Pero Iván Matvéich, en todo el curso de su servicio, tendía precisamente a tal resultado. Es un hombre impetuoso, señor, e incluso arrogante. Todo es «progreso» e ideas diversas, ¡y ya ve adónde lleva el progreso!

—Pero es que este es un caso de lo más insólito, y de ningún modo puede establecerse como regla general para todos los progresistas...

—No, así es la cosa, señor. Eso, vea usted, proviene de un exceso de instrucción, créame. Pues las personas excesivamente instruidas se meten en cualquier sitio, señor, y preferentemente donde no se les llama. Por lo demás, quizá usted sepa más —añadió, como ofendiéndose—. Yo no soy una persona tan instrui-

51

da y soy viejo; empecé desde abajo, como hijo de soldado raso, y mi quincuagésimo año de servicio ha empezado a correr este año.

—Oh, no, Timoféi Semiónich, por Dios. Al contrario, Iván Matvéich ansía su consejo, ansía su guía. Incluso, por así decirlo, con lágrimas.

—«Por así decirlo, con lágrimas.» Mmm. Bueno, esas son lágrimas de cocodrilo, y no se les puede dar mucho crédito. Y bien, dígame: ¿por qué le dio por ir al extranjero? ¿Y con qué dinero? ¿Acaso no carece de medios?

—Con lo ahorrado, Timoféi Semiónich, de las últimas gratificaciones —respondí lastimeramente—. Quería ir solo tres meses... a Suiza... a la patria de Guillermo Tell.

—¿Guillermo Tell? ¡Mmm!

—Quería recibir la primavera en Nápoles. Ver los museos, las costumbres, los animales...

—¡Mmm! ¿Los animales? En mi opinión, es pura vanidad. ¿Qué animales? ¿Animales? ¿Acaso tenemos nosotros pocos animales? Hay zoológicos, museos, camellos. Los osos viven casi a las puertas de Petersburgo. Y hete aquí que él mismo se ha metido dentro de un cocodrilo...

—Timoféi Semiónich, por Dios, es un hombre caído en desgracia, un hombre que recurre a usted como amigo, como a un pariente mayor, ansía su consejo, y usted... le lanza reproches... ¡Compadézcase al menos de la infeliz Yelena Ivánovna!

—¿Se refiere a la esposa? Una damita interesante —dijo Timoféi Semiónich, visiblemente ablandándose y aspirando con gusto una pizca de rapé—.

Una persona delicada. Y qué lozana, y la cabecita siempre así, ladeadita, ladeadita... muy agradable. Andréi Ósipich la mencionó anteayer mismo.

—¿La mencionó?

—La mencionó, señor, y en términos de lo más lisonjeros. El busto, dice, la mirada, el peinado... Un bombón, dice, no una damita; y se echó a reír. Son jóvenes todavía. —Timoféi Semiónich se sonó con estruendo—. Y, sin embargo, ahí tiene a ese joven, y qué carrera se está labrando...

—Pero eso es un asunto completamente distinto, Timoféi Semiónich.

—Por supuesto, por supuesto.

—Entonces, ¿qué hacemos, Timoféi Semiónich?

—¿Y qué puedo hacer yo?

—¡Aconseje, guíe, como hombre experimentado, como pariente! ¿Qué medida tomar? ¿Acudir a los superiores o...?

—¿A los superiores? De ningún modo, señor —dijo apresuradamente Timoféi Semiónich—. Si quiere un consejo, lo primero es acallar este asunto y actuar, por así decirlo, a título de particular. Es un caso sospechoso, señor, y además inaudito. Sobre todo, inaudito; no había precedente, señor, y dice poco en su favor... Por eso, ante todo, prudencia... Que se quede ahí tranquilamente. Hay que esperar, esperar...

—Pero ¿cómo esperar, Timoféi Semiónich? ¿Y si se asfixia ahí dentro?

—¿Y por qué habría de asfixiarse? ¿Acaso no dijo usted mismo, según creo, que se ha acomodado incluso con bastante confort?

Se lo conté todo otra vez. Timoféi Semiónich se quedó pensativo.

—Mmm —dijo, dando vueltas a la tabaquera en las manos—, en mi opinión, hasta es bueno que se quede ahí un tiempo, en lugar de irse al extranjero. Que reflexione en sus ratos de ocio; eso sí, asfixiarse no conviene, y por eso hay que tomar las medidas oportunas para preservar su salud: ya sabe, guardarse de la tos y demás... Y en cuanto al alemán, en mi opinión, está en su derecho, y más que la otra parte incluso, porque se metieron en su cocodrilo sin permiso, y no fue él quien se metió sin permiso en el cocodrilo de Iván Matvéich, el cual, por lo que recuerdo, nunca tuvo un cocodrilo propio. Ahora bien, el cocodrilo constituye una propiedad, y, por tanto, no se le puede rajar sin una compensación.

—Para salvar a un ser humano, Timoféi Semiónich.

—Bueno, eso ya es asunto de la policía. A ella es a quien hay que acudir.

—Pero es que Iván Matvéich puede hacer falta en nuestro servicio. Pueden reclamarlo, señor.

—¿Hacer falta Iván Matvéich? ¡Je, je! Además, consta oficialmente que está de permiso, de modo que podemos incluso ignorar el asunto, y él que inspeccione las tierras europeas. Otra cosa sería si cumplido el plazo no se presentara; entonces sí, preguntaremos, haremos averiguaciones...

—¡Tres meses! ¡Timoféi Semiónich, por Dios!

—Él se lo ha buscado. Vamos a ver, ¿quién lo mandó meterse ahí? A este paso habrá que asignarle una niñera a cargo del presupuesto, señor, y eso no

54

está contemplado en ninguna partida. Y lo principal: el cocodrilo es una propiedad; por lo tanto, aquí entra en acción el llamado principio económico. Y el principio económico es lo primero, señor. Anteayer mismo, en la velada de Luká Andréich, lo decía Ignati Prokófich... ¿Conoce a Ignati Prokófich? Capitalista, hombre de negocios, y sabe hablar con soltura: «Lo que necesitamos —dijo— es industria; nos falta industria. Hay que crearla. Hay que crear capitales, es decir, hay que crear la clase media, la llamada burguesía. Y como no tenemos capitales, hay que atraerlos del extranjero. Hay que dar vía libre, en primer lugar, a las compañías extranjeras para que compren por parcelas nuestras tierras, tal como se ha establecido ahora en toda Europa. ¡La propiedad comunal —dijo— es un veneno, la ruina!». Y sabe hablar con ardor; bueno, a ellos les conviene: son gente de capital... y además no son funcionarios. «Con la comuna —decía— no prosperarán ni la industria ni la agricultura. Es necesario —dijo— que las compañías extranjeras compren, en la medida de lo posible, toda nuestra tierra por parcelas, y luego fraccionar, fraccionar, fraccionar lo más menudo posible», y sabe usted, lo pronuncia así, con decisión: «*frrraccionar* —dice—, y luego vender como propiedad individual. Y ni siquiera vender, sino simplemente arrendar. Cuando —decía— toda la tierra esté en manos de las compañías extranjeras atraídas, entonces se podrá fijar el precio del arriendo que se quiera. En consecuencia, el campesino trabajará el triple, ya solo por el pan de cada día, y se le podrá echar cuando se quiera. O sea, que se espabilará, será obediente, diligente y por el mismo precio rendirá tres veces más. Mientras que ahora, con la comuna, ¡qué le importa, a él! Sabe que no se morirá de hambre, así que apoltrona, se emborracha. Y entretanto, llegarán a nosotros los capitales, y se formarán las fortunas, y vendrá la burguesía. Ahí está el periódico político y literario inglés *The Times*, que, al examinar hace poco nuestras finanzas, opinaba que no crecen precisamente porque carecemos de clase media, de grandes fortunas, de proletarios serviciales...».

»Qué bien habla Ignati Prokófich. Es un orador, señor. Él mismo quiere presentar un informe a los superiores y luego publicarlo en *Izvestia*. Eso no son versitos, como los de Iván Matvéich...

—¿Y qué pasa entonces con Iván Matvéich? —metí baza, tras dejar charlar al viejo.

A Timoféi Semiónich le gustaba a veces soltar un parlamento para demostrar que él tampoco se había quedado atrás y que estaba al tanto de todo.

—¿Que qué hacemos con Iván Matvéich, señor? Pues a eso mismo voy. Nosotros mismos nos desvivimos por atraer capitales extranjeros a la patria, y ahora juzgue usted: apenas se duplica el capital del cocodrilero atraído gracias a Iván Matvéich, y nosotros, en lugar de proteger al propietario extranjero, nos empeñamos en rajarle la barriga al mismísimo capital principal. Vamos a ver, ¿es eso razonable? En mi opinión, Iván Matvéich, como verdadero hijo de la patria, debería incluso alegrarse y enorgullecerse de haber duplicado, e incluso tal vez triplicado, con su persona el valor del cocodrilo extranjero. Eso es bueno para la atracción de capitales, señor. Si uno tiene éxito, ya verá, vendrá otro con un cocodrilo, y un tercero traerá ya dos o tres de golpe, y en torno a ellos se agruparán los capitales. Así nace la burguesía. Hay que fomentarla.

—¡Por Dios, Timoféi Semiónich! —exclamé—. ¡Le está exigiendo al pobre Iván Matvéich una abnegación casi sobrehumana!

—Yo no exijo nada, señor, y antes que nada le ruego (como ya le he rogado antes) que considere que yo no soy ningún superior y, por lo tanto, no puedo exigir nada a nadie. Hablo como hijo de la patria, es decir, no hablo como *El Hijo de la Patria*,[12] sino simplemente como un hijo de la patria. Y, por otra parte, ¿quién le mandó meterse en el cocodrilo? Un hombre respetable, un hombre de cierto rango, casado legalmente, y de pronto... ¡semejante paso! ¿Es eso razonable?

—Pero es que ese paso fue fortuito.

—¿Y quién lo sabe? Y, además, dígame: ¿con qué fondos se va a pagar al cocodrilero?

—¿Quizá a cuenta del sueldo, Timoféi Semiónich?

—¿Y alcanzará, señor?

—No alcanzará, Timoféi Semiónich —respondí con tristeza—. El cocodrilero al principio se asustó pensando que el cocodrilo reventaría, pero luego, al convencerse de que todo estaba en orden, se dio aires y se alegró de poder duplicar el precio.

12. Diario político, literario y científico fundado en 1862 en San Petersburgo.

—¡Triplicar, cuadruplicar, tal vez! El público acudirá en masa, y los cocodrileros son gente avispada. Además, estamos en época de Carnaval, época dada a las diversiones, y por eso, repito, lo primero es que Iván Matvéich guarde un incógnito riguroso, que no se precipite. Que todos sepan, si quieren, que está en el cocodrilo, pero que no lo sepan oficialmente. En este sentido, Iván Matvéich se encuentra incluso en unas circunstancias particularmente favorables, puesto que consta que está en el extranjero. Dirán que está en el cocodrilo, y nosotros, pues, no nos lo creeremos. Se puede plantear así. Lo principal es que espere; y además, ¿adónde va a ir con prisas?

—Bueno, ¿y si...?

—No se preocupe, es de constitución robusta...

—Bueno, ¿y después, cuando haya esperado?

—Pues bien, no le ocultaré que el caso es extremadamente espinoso. No se puede uno orientar, y lo que más perjudica es que hasta ahora no ha habido un precedente semejante. Si tuviéramos uno al menos, algo podríamos hacer. Pero así, ¿cómo decidir? Se pone uno a deliberar y el asunto se alarga.

Una idea feliz me cruzó por mi cabeza.

—¿No se podría arreglar de tal modo, señor —dije—, que ya que ha de permanecer en las entrañas del monstruo y, por voluntad de la providencia, conserva su vida, se le permita presentar una solicitud para seguir contando como en servicio?

—Mmm... tal vez en calidad de permiso sin sueldo...

—No, señor, ¿no podría ser con sueldo?

—¿Y con qué fundamento?

—En calidad de comisión de servicio...

—¿Qué comisión y adónde?

—Pues a las entrañas, a las entrañas del cocodrilo... Por así decirlo, para recabar informes, para estudiar los hechos *in situ*. Por supuesto, es una novedad, pero es progresista y al mismo tiempo demuestra celo por la instrucción...

Timoféi Semiónich se quedó pensativo.

—Enviar en comisión especial a un funcionario —dijo finalmente— a las entrañas de un cocodrilo para encargos especiales es, en mi opinión, absurdo, señor. No figura en la plantilla. Y, además, ¿qué encargos puede haber allí?

—Pues para el estudio natural, por así decirlo, de la naturaleza sobre el terreno, en vivo, señor. Hoy en día están de moda las ciencias naturales, la botánica... Él viviría allí e iría informando... Ya sabe, sobre la digestión o simplemente sobre las costumbres. Para la acumulación de datos.

—Es decir, que eso entra en la estadística. Bueno, eso no es mi fuerte, y tampoco soy filósofo. Usted dice: datos; pero es que ya estamos sepultados de datos sin eso y no sabemos qué hacer con ellos. Además, esa estadística es peligrosa...

—¿En qué sentido, señor?

—Peligrosa, señor. Y, además, convendrá conmigo, él va a informar, por así decirlo, tumbado de costado. Pero ¿acaso se puede servir tumbado de costado? Eso sería otra novedad, y además peligrosa; y, repito, no hay precedente. Si tuviéramos por lo menos algún pequeño precedente, entonces, en mi opinión, quizá se podría enviar en comisión.

—Pero es que tampoco se traían cocodrilos vivos hasta ahora, Timoféi Semiónich.

—Mmm, sí... —Se quedó pensativo otra vez—. Si se mira bien, esa objeción suya es justa e incluso podría servir de base para la tramitación del expediente. Pero considere también que, si con la llegada de cocodrilos vivos, empiezan a desaparecer funcionarios, y luego, basándose en que ahí se está caliente y blando, piden que se les envíe en comisión, y luego se tumban de costado... convendrá conmigo: es un mal ejemplo, señor. A este paso, cualquiera se meterá ahí para cobrar sin trabajar.

—¡Interceda, Timoféi Semiónich! A propósito, señor: Iván Matvéich le ruega que acepte una deudilla de juego, siete rublos, del *yeralash*...

—¡Ah, los que perdió el otro día, en casa de Nikífor Nikíforich! Lo recuerdo. Y qué alegre estaba entonces, cómo nos hacía reír, ¡y mire ahora!

El viejo estaba sinceramente conmovido.

—Interceda, Timoféi Semiónich.

—Haré gestiones, señor. Hablaré en mi propio nombre, de manera privada, a modo de consulta. Pero, por lo demás, averigüe usted así, de forma extraoficial, ¿qué precio exacto estaría dispuesto a aceptar el dueño por su cocodrilo?

Timoféi Semiónich se había ablandado visiblemente.

—Sin falta—respondí—, y al instante vendré a rendirle cuentas.

—Y la esposa... ¿está sola? ¿Se aburre?

—Debería usted visitarla, Timoféi Semiónich.

—Así lo haré; ya lo pensé hace un rato, y la ocasión es propicia... ¡Y por qué, por qué le dio a él por ir a ver al cocodrilo! Aunque, a decir verdad, yo mismo desearía verlo.

—Visite al pobre, Timoféi Semiónich.

—Lo haré. Claro que con este paso mío no quiero dar esperanzas. Acudiré como particular... Bueno, hasta la vista; voy otra vez a casa de Nikífor Nikíforich; ¿irá usted?

—No, señor, yo voy a ver al prisionero.

—Sí, señor, ¡ahora toca ver al prisionero...! ¡Ay, qué frivolidad!

Me despedí del viejo. Diversos pensamientos me bullían en la cabeza. Un hombre bondadoso y de lo más honesto, Timoféi Semiónich, pero, al salir de su casa, me alegré, no obstante, de que ya hubiera celebrado su quincuagésimo año de servicio y de que los Timoféis Semiónichs fueran ya una rareza entre nosotros. Naturalmente, volé enseguida al Passage para comunicárselo todo al pobrecillo de Iván Matvéich. Y me carcomía la curiosidad: ¿cómo se habría instalado en el cocodrilo, y cómo es posible vivir dentro de un cocodrilo? ¿Acaso se puede de verdad vivir dentro de un cocodrilo? A ratos, de verdad, me parecía que todo aquello era una especie de sueño monstruoso, tanto más cuanto que el asunto iba de un monstruo...

III

Y, sin embargo, no era un sueño, sino una realidad auténtica e indudable. De lo contrario, ¿me habría puesto a contarlo? Pero continúo...

Llegué al Passage ya tarde, cerca de las nueve, y me vi obligado a entrar en la sala del cocodrilo por la puerta trasera, porque el alemán había cerrado la tienda esta vez antes de lo habitual. Se paseaba con aire de andar por casa, enfundado en una vieja levita grasienta, pero estaba tres veces más contento que aquella mañana. Se notaba que ya no temía nada y que «*públicum* mucho venir». La *Mutter* salió ya después, evidentemente para vigilarme. El alemán y la *Mutter* cuchicheaban a menudo. A pesar de que la tienda ya estaba cerrada, me cobró de todos modos el cuarto de rublo. ¡Qué escrupulosidad tan innecesaria!

—Usted cada vez *pagarr*; *públicum pagarr* rublo, pero usted solo cuarto rublo, pues usted buen *amigou* de su buen *amigou*, y yo respetar *amigou*...

—¿Vivo? ¿Está vivo mi instruido amigo? —grité con fuerza acercándome al cocodrilo y esperando que mis palabras llegaran, aun desde lejos, a Iván Matvéich y halagaran su amor propio.

—Vivo y sano —respondió él, como desde lejos o como desde debajo de la cama, aunque yo estaba parado a su lado—, vivo y sano, pero de eso después... ¿Cómo van los asuntos?

Como si no hubiera oído la pregunta a propósito, empecé yo mismo a interrogarle con participación y apresuramiento: ¿cómo estaba, qué tal le iba y qué tal se estaba en el cocodrilo, y qué era en general el interior de un cocodrilo? Así lo exigían tanto la amistad como la cortesía normal y corriente. Pero él me interrumpió caprichosamente y con fastidio.

—¿Cómo van los asuntos? —gritó con su voz

chillona, extraordinariamente repugnante en esta ocasión, y dándome órdenes según su costumbre.

Le conté toda mi conversación con Timoféi Semiónich hasta el último detalle. Al relatarla, traté de mostrar un tono algo ofendido.

—El viejo tiene razón —dictaminó Iván Matvéich tan bruscamente como era su costumbre habitual en sus conversaciones conmigo—. Me gustan los hombres prácticos y no soporto a los blandengues empalagosos. Estoy dispuesto, sin embargo, a reconocer que tu idea sobre la comisión de servicio no es del todo absurda. En efecto, puedo comunicar mucho tanto en el sentido científico como en el moral. Pero ahora todo esto toma un cariz nuevo e inesperado, y no merece la pena molestarse solo por el sueldo. Escucha atentamente. ¿Estás sentado?

—No, estoy de pie.

—Siéntate en algo, aunque sea en el suelo, y escucha atentamente.

Cogí una silla con rabia y, enfadado, al colocarla, di un golpe con ella en el suelo.

—Escucha —empezó imperiosamente—, hoy ha venido público a raudales. Hacia la tarde no quedaba sitio y, para mantener el orden, ha aparecido la policía. A las ocho, es decir, antes de lo habitual, el dueño ha considerado incluso necesario cerrar la tienda y suspender la exhibición para contar el dinero atraído y prepararse mejor para mañana. Sé que mañana estará esto tan concurrido como una auténtica feria. De este modo, cabe suponer que toda la gente más instruida de la capital, las damas de la alta sociedad, los embajadores extranjeros, los juristas y demás pasarán por aquí. Es más: empezarán a acudir desde las variadísimas provincias de nuestro vasto y curioso imperio. El resultado: estoy a la vista de todos y, aunque escondido, ocupo el primer lugar. Aleccionaré a la multitud ociosa. Instruido por la experiencia, ofreceré un ejemplo de grandeza y de humildad ante el destino. Seré, por así decirlo, una cátedra desde la cual empezaré a adoctrinar a la humanidad. Incluso los meros datos científico-naturales que puedo comunicar sobre el monstruo que habito son preciosos. Y por eso, no solo no me quejo del incidente de esta mañana, sino que tengo firmes esperanzas en la más brillante de las carreras.

—¿No te resultaría aburrido? —observé yo con veneno.

Lo que más me encolerizó fue que casi había dejado por completo de emplear los pronombres personales, hasta tal punto se había vuelto engreído. No obstante, todo esto me desconcertó. «¡De qué, de qué se jacta esa cabeza de chorlito! —rechinaba yo los dientes susurrando para mis adentros—. Aquí lo que hay que hacer es llorar, y no jactarse.»

—¡No! —respondió él bruscamente a mi observación—, pues estoy todo imbuido de grandes ideas y solo ahora puedo soñar en mis ratos de ocio con la mejora del destino de toda la humanidad. Del cocodrilo saldrán ahora la verdad y la luz. Indudablemente inventaré una nueva teoría propia de las nuevas relaciones económicas y me enorgulleceré de ella, cosa que hasta ahora no podía hacer por falta de tiempo a causa del servicio y de las vulgares diversiones mundanas. Lo refutaré todo y seré un nuevo

Fourier.[13] Por cierto, ¿entregaste los siete rublos a Timoféi Semiónich?

—De mi bolsillo —respondí, tratando de expresar con la voz que había pagado con mi propio dinero.

—Ya ajustaremos cuentas —respondió con altanería—. Espero un aumento de sueldo sin falta, pues ¿a quién se lo van a aumentar si no es a mí? La utilidad que aporto ahora es infinita. Pero al grano. ¿La esposa?

—Probablemente preguntas por Yelena Ivánovna.

—¡¿La esposa?! —gritó él, esta vez incluso con una especie de chillido.

¡No había nada que hacer! Humildemente, pero de nuevo rechinando los dientes, le conté cómo había dejado a Yelena Ivánovna. Él ni siquiera terminó de escucharme.

—Tengo para ella planes especiales —empezó con impaciencia—. Si yo voy a ser célebre aquí, quiero que ella sea célebre allá. Los sabios, los poetas, los filósofos, los mineralogistas forasteros, los hombres de Estado, después de la charla matutina conmigo, visitarán por las tardes su salón. Desde la semana que viene deben empezar en su casa los salones cada noche. El sueldo duplicado proporcionará los medios para la recepción, y puesto que la recepción debe limitarse solo a té y lacayos contra-

13. Charles Fourier (1772-1837), socialista utópico francés, cuyas ideas se debatieron en las revistas rusas de principios de la década de 1860.

tados, asunto concluido. Tanto aquí como allá hablarán de mí. Hace mucho que ansiaba la ocasión de que todos hablaran de mí, pero no podía conseguirlo, encadenado por mi escasa importancia y mi rango insuficiente. Ahora, sin embargo, todo esto se ha logrado mediante una simple y vulgar deglución de cocodrilo. Cada palabra mía será escuchada, cada sentencia será meditada, transmitida, impresa. ¡Y yo me haré notar! Comprenderán por fin qué capacidades han dejado desaparecer en las entrañas del monstruo. «Este hombre podría haber sido ministro de Asuntos Exteriores y gobernar un reino», dirán unos. «Y este hombre no gobernó un reino extranjero», dirán otros. Pues ¿en qué, en qué soy yo peor que un Garnier-Pagès de tres al cuarto o como se llame...?[14] La esposa debe ser mi *pendant*: yo tengo la inteligencia; ella, la belleza y la amabilidad. «Es hermosa, por eso es su mujer», dirán unos. «Es hermosa porque es su mujer», corregirán otros. Por si acaso, que Yelena Ivánovna compre mañana mismo el diccionario enciclopédico que se editaba bajo la redacción de Andréi Kraievski, para saber hablar de todos los temas. Y, sobre todo, que lea con más frecuencia el *premier-politik*[15] de *Las Noticias de San Petersburgo* y lo coteje a diario con *El Pelo*. Supongo que el dueño aceptará traerme a veces también a mí, junto con el cocodrilo, al brillante

14. Louis-Antoine Garnier-Pagès (1803-1878): político burgués francés, participante en las revoluciones de 1830 y 1848; desde 1864, miembro del cuerpo legislativo.
15. Artículo de fondo.

salón de mi esposa. Estaré en la caja en medio de un magnífico salón y lanzaré ocurrencias que habré seleccionado desde la mañana. Al hombre de Estado le comunicaré mis proyectos; con el poeta hablaré en rima; con las damas seré divertido y moralmente agradable, ya que soy totalmente inofensivo para sus esposos. Para todos los demás serviré de ejemplo de sumisión al destino y a la voluntad de la providencia. Haré de mi mujer una dama literaria brillante; la empujaré hacia delante y la explicaré al público; como esposa mía, debe estar llena de las mayores virtudes, y si con justicia llaman a Andréi Alexándrovich nuestro Alfred de Musset ruso, aún será más justo cuando la llamen a ella nuestra Yevguenia Tur rusa.[16]

Confieso que, aunque todo este disparate se parecía un poco al Iván Matvéich de siempre, se me pasó por la cabeza que ahora tenía fiebre y deliraba. Era el mismo Iván Matvéich ordinario y cotidiano, pero observado a través de un cristal que lo aumentaba veinte veces.

—Amigo mío —le pregunté—, ¿tienes esperanzas de longevidad? Y, en general, dime: ¿estás sano? ¿Cómo comes, cómo duermes, cómo respiras? Soy tu amigo, y convendrás en que el caso es demasiado

16. Andréi Kraievski (1810-1889), editor ruso; Yevguenia Tur (1815-1892), novelista rusa. La crítica del XIX solía comparar a autores nacionales con celebridades occidentales («el Musset ruso», «la Sand rusa»); al aplicar la fórmula a una rusa, Iván Matvéich la convierte en un sinsentido que delata su delirio.

sobrenatural y, por consiguiente, mi curiosidad es demasiado natural.

—Curiosidad ociosa y nada más —respondió sentenciosamente—, pero quedarás satisfecho. ¿Preguntas cómo me he acomodado en las entrañas del monstruo? En primer lugar, el cocodrilo, para mi sorpresa, resultó estar completamente vacío. Su interior se compone de una especie de enorme saco vacío, hecho de goma, parecido a esos artículos de goma tan comunes entre nosotros en la calle Gorójovaia, en la Mórskaia y, si no me equivoco, en la avenida Voznesenski. De lo contrario, piénsalo, ¿habría podido caber yo en él?

—¿Es posible? —grité con comprensible asombro—. ¿De verdad el cocodrilo está completamente vacío?

—Completamente —confirmó Iván Matvéich con severidad y aire imponente—. Y, con toda probabilidad, está hecho así según las leyes de la propia naturaleza. El cocodrilo posee únicamente unas fauces provistas de dientes afilados y, además, una cola considerablemente larga; eso es todo, en realidad. En el medio, entre estas dos extremidades suyas, se halla un espacio vacío, recubierto de algo parecido al caucho, y lo más probable es que sea caucho de verdad.

—¿Y las costillas, y el estómago, y los intestinos, y el hígado, y el corazón? —interrumpí incluso con rabia.

—N-nada, no hay absolutamente nada de eso y, probablemente, nunca lo hubo. Todo eso es una fantasía ociosa de viajeros frívolos. Del mismo modo que se infla un cojín para las hemorroides, así inflo yo ahora con mi persona al cocodrilo. Es increíblemente elástico. Incluso tú, en calidad de amigo de la casa, podrías caber a mi lado, si tuvieras la magnanimidad, e incluso contigo aún sobraría sitio. Pienso, en un caso extremo, mandar traer aquí a Yelena Ivánovna. Por lo demás, semejante estructura vacía del cocodrilo está en total consonancia con las ciencias naturales. Pues supongamos, por ejemplo, que se te encarga construir un nuevo cocodrilo; se te plantea, naturalmente, la pregunta: ¿cuál es su propiedad fundamental? La respuesta es clara: engullir personas. ¿Cómo lograr mediante la estructura del cocodrilo que engulla a las personas? La respuesta es aún más clara: haciéndolo vacío. Hace mucho que la física resolvió que la naturaleza no tolera el vacío. Del mismo modo, el interior del cocodrilo debe ser precisamente vacío, para no tolerar el vacío y, por consiguiente, engullir sin cesar y llenarse con todo lo que haya a mano. Y he aquí la única razón racional por la que todos los cocodrilos engullen a los de nuestra especie. No ocurre así en la estructura humana: cuanto más vacía está, por ejemplo, la cabeza humana, menos sed siente de llenarse, y esta es la única excepción a la regla general. Todo esto está ahora claro para mí como la luz del día, todo esto lo he comprendido con mi propia inteligencia y experiencia, hallándome, por así decirlo, en las entrañas de la naturaleza, en su retorta, escuchando el latido de su pulso. Incluso la etimología está de acuerdo conmigo, pues el propio nombre *cocodrilo* significa «voracidad». *Crocodilo*, *Crocodillo*, es una palabra evidentemente italiana, contemporánea tal vez de los antiguos faraones egipcios y que evidentemente proviene de la raíz francesa: *croquer*, que significa «comer», «zampar» y, en general, «consumir como alimento». Tengo la intención de hablar de todo esto a modo de primera conferencia ante el público congregado en el salón de Yelena Ivánovna, cuando me lleven allí en la caja.

—Amigo mío, ¿acaso no deberías tomar ahora un laxante? —grité sin poder contenerme.

«¡Tiene fiebre, fiebre, está delirando!», me repetía para mis adentros con horror.

—¡Tonterías! —respondió con desprecio—; y, además, en mi situación actual, eso es totalmente inapropiado. Por lo demás, en parte sabía que sacarías el tema del laxante.

—Amigo mío, ¿y cómo... cómo ingieres alimentos ahora? ¿Has comido hoy o no?

—No, pero estoy saciado y, lo más probable, es que a partir de ahora no vuelva a ingerir más alimentos. Y esto también es perfectamente comprensible: al llenar con mi persona todo el interior del cocodrilo, lo dejo para siempre saciado. Ahora puede estar sin comer varios años. Por otro lado, al estar saciado de mí, él naturalmente me transmitirá a su vez todos los jugos vitales de su cuerpo; es algo parecido a cuando ciertas coquetas refinadas se aplican por la noche filetes crudos por todo el cuerpo y sus formas, y luego, tras tomar el baño matutino, se quedan frescas, tersas, jugosas y seductoras. De este modo, al alimentar con mi persona al cocodrilo, yo, a mi vez, recibo de él su alimento; por consiguiente, nos nutrimos mutuamente. Pero dado que incluso a un cocodrilo le resulta difícil digerir a un hombre como yo, es evidente que debe experimentar cierta pesadez de estómago —estómago que, por lo demás, no tiene—, y por eso, para no causar al monstruo un dolor excesivo, rara vez me doy la vuelta de un costado a otro; y aunque podría hacerlo, no lo hago por humanidad. Este es el único inconveniente de mi situación actual, y en sentido alegórico Timoféi Semiónich tiene razón al llamarme *gandul*. Pero demostraré que incluso tumbado de costado, es más que solo tumbado de costado, puede darse la vuelta al destino de la humanidad. Todas las grandes ideas y corrientes de nuestros periódicos y revistas han sido evidentemente producidas por gandules; por eso las llaman *ideas de gabinete*, pero ¡me importa un bledo que las llamen así! Ahora inventaré un sistema social completo y, no te lo creerás, ¡qué fácil es! Basta con retirarse a algún rincón apartado o meterse en un cocodrilo, cerrar los ojos e inmediatamente inventas un paraíso entero para toda la humanidad. Hoy mismo, en cuanto os fuisteis, me puse inmediatamente a inventar y ya he inventado tres sistemas; ahora estoy elaborando el cuarto. Es verdad que al principio hay que refutarlo todo; pero desde dentro de un cocodrilo es tan fácil refutar; es más, desde dentro de un cocodrilo parece que todo se ve con más claridad... Por lo demás, en mi situación existen otros inconvenientes, aunque menores: el interior del cocodrilo está algo húmedo y como cubierto de una baba y, además, huele un poco a goma, exactamente igual que mis chanclos del año pasado. Eso es todo: no hay más inconvenientes.

—Iván Matvéich —le interrumpí—, todo esto son prodigios que apenas puedo creer. ¿Y de verdad, de verdad no tienes intención de volver a comer en toda tu vida?

—¡De qué tontería te preocupas, cabeza despreocupada y ociosa! Te hablo de grandes ideas, y tú... Entérate de que estoy saciado ya con las grandes ideas que iluminaron la noche que me rodea. Por lo demás, el bondadoso dueño del monstruo, de acuerdo con la bondadosísima *Mutter*, decidieron hoy entre los dos que cada mañana introducirán por las fauces del cocodrilo un tubito metálico curvado, a modo de flauta, por el cual yo podré sorber café o caldo con pan blanco reblandecido. La flauta ya la han encargado aquí al lado; pero considero que es un lujo superfluo. Espero vivir al menos mil años, si es cierto que los cocodrilos tanto viven, cosa que, ya que lo has recordado, comprueba mañana mismo en algún tratado de historia natural y comunícamelo, pues puedo haberme equivocado y haber confundido al cocodrilo con algún otro fósil. Solo una consideración me turba un poco: como voy vestido de paño y llevo botas en los pies, es evidente que el cocodrilo no puede digerirme. Además, estoy vivo y por lo tanto resisto mi digestión con toda mi voluntad, pues se entiende que no quiero convertirme en aquello en lo que se convierte cualquier alimento, ya que eso sería demasiado humillante para mí. Pero temo una cosa: en el plazo de mil años el paño de mi levita, por desgracia de fabricación rusa, puede deteriorarse, y entonces yo, al quedarme sin ropa, a pesar de toda mi indignación, empezaré tal vez a ser digerido; y aunque de día no lo consentiré por nada del mundo, por las noches, durante el sueño, cuando la voluntad abandona al hombre, puede alcanzarme el destino más humillante de una patata cualquiera, de unos blinis o de la ternera. Semejante idea me lleva al frenesí. Ya solo por esta razón habría que modificar los aranceles y fomentar la importación de paños ingleses, que son más resistentes y, por consiguiente, resistirán más tiempo a la naturaleza en caso de que uno acabe dentro de un cocodrilo. A la primera oportunidad comunicaré esta idea mía a alguno de los hombres de Estado, y al mismo tiempo también a los comentaristas políticos de nuestros diarios de Petersburgo. Que lo pregonen. Espero que no sea esto de ahora en adelante lo único que tomen prestado de mí. Preveo que cada mañana una multitud entera de ellos, armados con las monedas de cuarto de rublo sacadas de la caja de la redacción, se apiñará a mi alrededor para captar mis ideas sobre los telegramas del día anterior. En resumen: el porvenir se me presenta de color de rosa.

«¡Fiebre, tiene fiebre!», susurraba yo para mis adentros.

—Amigo mío, ¿y la libertad? —dije, deseando conocer plenamente su opinión—. Pues estás, por así decirlo, en una mazmorra, mientras que el hombre debería disfrutar de la libertad.

—Eres un necio —respondió—. Los salvajes aman la independencia; los sabios aman el orden, y no hay orden...

—¡Iván Matvéich, ten piedad y clemencia!

—¡Calla y escucha! —chilló con fastidio porque lo había interrumpido—. Nunca ha volado mi espíritu tanto como ahora. En mi estrecho refugio solo temo una cosa: la crítica literaria de las revistas gruesas y las mofas de nuestros periódicos satíricos. Temo que los visitantes frívolos, los necios y envidiosos y, en general, los nihilistas se burlen de mí. Pero tomaré medidas. Espero con impaciencia los comentarios del público mañana y, sobre todo, la opinión de los periódicos. De los periódicos infórmame mañana mismo.

—Bien, mañana mismo traeré un montón entero de periódicos.

—Mañana es pronto aún para esperar reseñas, pues los anuncios se imprimen solo al cuarto día. Pero desde ahora ven todas las tardes por la entrada interior del patio. Tengo intención de emplearte como mi secretario. Me leerás los periódicos y revistas, y yo te dictaré mis pensamientos y te daré encargos. Y, sobre todo, no olvides los telegramas. Cada día deben estar aquí todos los telegramas europeos. Pero basta; probablemente tendrás sueño ahora. Vete a casa y no pienses en lo que acabo de decir sobre la crítica: no la temo, pues ella misma se encuentra en una situación crítica. Basta con ser sabio y virtuoso, y sin falta te colocarán en un pedestal. Si no Sócrates, entonces Diógenes, o ambos a la vez, y he aquí mi futuro papel en la humanidad.

Así de frívola e importunamente (cierto es que con fiebre) se apresuró a expresarse ante mí Iván

Matvéich, como esas mujeres de carácter débil de las que dice el proverbio que no saben guardar un secreto. Y todo lo que me comunicó sobre el cocodrilo me pareció sumamente sospechoso. ¿Cómo va a ser posible que un cocodrilo esté completamente vacío? Apuesto a que en esto exageró por vanidad y, en parte, para humillarme. Bien es verdad que estaba enfermo, y a un enfermo hay que complacerlo; pero, confieso con toda franqueza, yo nunca he podido soportar a Iván Matvéich. Toda la vida, desde la misma infancia, he deseado y no he podido librarme de su tutela. Mil veces estuve a punto de romper con él del todo, y cada vez algo me arrastraba de nuevo hacia él, como si aún esperase demostrarle algo o vengarme de algo. ¡Extraña cosa, la amistad! Puedo afirmar con toda certeza que las nueve décimas partes de mi amistad con él eran por rabia. En esta ocasión, sin embargo, nos despedimos con sentimiento.

—Su *amigou* muy inteligente hombre —me dijo a media voz el alemán, disponiéndose a acompañarme; había estado escuchando atentamente toda nuestra conversación.

—*À propos* —dije—, para no olvidarme: ¿cuánto cobraría usted por su cocodrilo, en caso de que a alguien se le ocurriera comprárselo?

Iván Matvéich, que oyó la pregunta, aguardaba la respuesta con curiosidad. Era evidente que no quería que el alemán pidiera poco; al menos, carraspeó de un modo muy particular al oír mi pregunta.

Al principio el alemán no quería ni oír hablar del tema, incluso se enfadó.

—¡Nadie *atrrreverr* comprar mi propio cocodrilo! —gritó con furia y se puso rojo como un cangrejo cocido—. Yo no *querrer venderr* cocodrilo. Yo no *cobrar* millón táleros por cocodrilo. Yo ciento treinta táleros hoy con *públicum cobrar*, yo mañana diez mil táleros *cobrar*, y luego cada día cien mil táleros *cobrar*. ¡No querer *venderr*!

Iván Matvéich incluso soltó una risita de placer.

Armado de paciencia, con sangre fría y sensatez, pues cumplía con el deber de un verdadero amigo, le insinué al disparatado alemán que sus cálculos no eran del todo acertados; que si cada día iba a recaudar cien mil, en cuatro días habría pasado por allí todo Petersburgo y luego ya no habría de quien cobrar; que el hombre propone y Dios dispone, que el cocodrilo podía reventar de algún modo, e Iván Matvéich enfermar y morirse, etc., etc.

El alemán se quedó pensativo.

—Yo *darr* a él gotas de botica —dijo tras pensarlo—, y su *amigou* no *morirr*.

—Las gotas de acuerdo —dije—, pero tenga también en cuenta que puede iniciarse un proceso judicial. La esposa de Iván Matvéich puede reclamar a su legítimo marido. Usted pretende enriquecerse, pero ¿tiene intención de asignarle alguna pensión a Yelena Ivánovna?

—¡No, no *intencionarr*! —respondió el alemán con decisión y severidad.

—¡*Nein*, no *intencionarr*! —secundó, incluso con rabia, la *Mutter*.

—Así pues, ¿no sería mejor para usted tomar algo ahora, de una vez, aunque sea moderado, pero seguro y sólido, que entregarse a la incertidumbre? Considero mi deber añadir que no se lo pregunto solo por ociosa curiosidad.

El alemán tomó a la *Mutter* y se retiró con ella para deliberar a un rincón, donde estaba el armario con el mono más grande y más feo de toda la colección.

—¡Ya verás! —me dijo Iván Matvéich.

Por lo que a mí respecta, en ese minuto me consumía el deseo, en primer lugar, de dar una buena paliza al alemán; segundo, de dársela aún más fuerte a la *Mutter*; y, tercero, la más fuerte y dolorosa de todas a Iván Matvéich por lo desmesurado de su amor propio. Pero todo esto no era nada en comparación con la respuesta del codicioso alemán.

Tras consultarlo con su *Mutter*, exigió por su cocodrilo cincuenta mil rublos en bonos del último empréstito con lotería, una casa de piedra en la calle Gorójovaia y, anexa a ella, una farmacia propia, y, para colmo, el rango de coronel ruso.

—¡Iván Matvéich! —grité yo—. ¿Qué hacemos ahora?

—¡Lo ves! —gritó triunfante Iván Matvéich—, ¡te lo dije! Exceptuando el último deseo disparatado de que lo asciendan a coronel, tiene toda la razón, pues comprende perfectamente el valor actual del monstruo que exhibe. ¡El principio económico ante todo!

—¡Pero por Dios! —le grité furioso al alemán—, pero ¿por qué le van a dar el grado de coronel? ¿Qué hazaña ha realizado, qué servicio ha prestado, qué gloria militar ha conseguido? ¿No está loco, después de todo?

—¡Loco usted! —gritó el alemán ofendido—. ¡No, yo muy inteligente hombre, y usted muy *ton-tou*! ¡Yo merecer *coronel* porque mostré cocodrilo, y en él vivir *Hofrat*,[17] y ningún ruso poder mostrar cocodrilo y en él vivo *Hofrat* estar sentado! ¡Yo extremadamente inteligente hombre y mucho *querrer* ser *coronel*!

—¡Adiós, pues, Iván Matvéich! —grité temblando de rabia, y salí casi corriendo de la sala del cocodrilo.

Sentí que un minuto más y ya no habría respondido de mí. Las esperanzas desmesuradas de esos dos imbéciles eran insoportables. El aire frío, al refrescarme, moderó un tanto mi indignación. Finalmente, tras escupir enérgicamente unas quince veces a ambos lados, tomé un coche de punto, llegué a casa, me desnudé y me tiré en la cama. Lo más fastidioso de todo era que había acabado convertido en su secretario. ¡Ahora a morir de aburrimiento allí cada tarde, cumpliendo con el deber de un verdadero amigo! Estuve a punto de pegarme por eso y, en efecto, ya habiendo apagado la vela y tapado con la manta, me di varias veces con el puño en la cabeza y en otras partes del cuerpo. Esto me alivió un poco, y al final me dormí incluso bastante profundamente, porque estaba muy cansado. Toda la noche soñé exclusivamente con monos, pero justo al amanecer soñé con Yelena Ivánovna...

17. Consejero áulico.

Los monos, según deduzco, los soñé porque estaban en el armario del cocodrilero, pero Yelena Ivánovna constituía un capítulo aparte.

Lo diré de antemano: yo amaba a esta dama; pero me apresuro —y a galope tendido— a hacer la salvedad: la amaba como un padre, ni más ni menos. Deduzco esto porque muchas veces sentía un deseo irrefrenable de besarla en la cabecita o en la mejilla sonrosadita. Y aunque nunca llevé esto a la práctica, confieso que no me habría negado a besarla incluso en los labios. Y no solo en los labios, sino en los dientecitos, que asomaban siempre tan encantadoramente, como una hilera de bonitas perlas selectas, cuando se reía. Y ella se reía con sorprendente frecuencia. Iván Matvéich la llamaba, en momentos cariñosos, su «dulce tontita», un nombre en grado sumo justo y característico. Era una dama-bombón y nada más. Por eso no entiendo en absoluto por qué se le ocurrió al mismo Iván Matvéich imaginar en su esposa a nuestra Yevguenia Tur rusa.

En cualquier caso, mi sueño, si no contamos los monos, me produjo una impresión agradabilísima y, repasando en mi cabeza todos los sucesos del día anterior ante la taza de té de la mañana, decidí pasar inmediatamente a ver a Yelena Ivánovna, de camino al servicio, cosa que, por lo demás, estaba obligado a hacer en calidad de amigo de la casa.

En la diminuta habitación anterior al dormitorio, que ellos llamaban la salita pequeña, aunque la sala grande también era pequeña, en un pequeño y elegante sofá, tras la mesita de té, con una batita de mañana semivaporosa, estaba sentada Yelena Ivánovna y tomaba café en una tacita pequeña, en la que mojaba un bizcochito diminuto. Estaba seductoramente guapa, pero me pareció también como pensativa.

—¡Ah, es usted, travieso! —Me recibió con una sonrisa distraída—. Siéntese, calavera, tome café. Bueno, ¿qué hizo ayer? ¿Estuvo en el baile de máscaras?

—¿Acaso estuvo usted? Yo no voy a esas cosas... además, ayer visité a nuestro cautivo...

Suspiré y, al aceptar el café, puse una cara piadosa.

—¿A quién? ¿A qué cautivo? ¡Ah, sí! ¡Pobrecillo! Bueno, ¿qué tal?, ¿se aburre? Y sabe... quería preguntarle... ¿Verdad que ahora puedo pedir el divorcio?

—¡El divorcio! —grité indignado y a punto estuve de derramar el café.

«¡Ese morenito!», pensé para mis adentros con furia.

Existía cierto morenito, con bigotito, que servía en el ramo de la construcción, que iba con demasiada frecuencia a su casa y sabía hacer reír extremadamente a Yelena Ivánovna. Confieso que yo lo odiaba, y no cabía duda de que ya había logrado verse el día anterior con Yelena Ivánovna, o en el baile de máscaras o, tal vez, incluso aquí, ¡y le había dicho una sarta de tonterías!

—Pues qué —se apresuró a decir de pronto Yelena Ivánovna, exactamente como si la hubieran alec-

cionado—, ¡qué va a hacer él ahí sentado en el cocodrilo, y tal vez no vuelva en toda su vida, y yo
esperándolo aquí! El marido debe vivir en casa, y no
en un cocodrilo...

—Pero es que este es un caso imprevisto —empecé a decir con una agitación muy comprensible.

—¡Ah, no, no diga nada, no quiero, no quiero!
—gritó ella, enfadándose de repente por completo—. ¡Siempre me lleva la contraria, qué malo es! Con
usted no se puede hacer nada, ¡nunca aconseja nada!
Ya me han dicho personas ajenas que me darán el
divorcio, porque Iván Matvéich ya no va a cobrar su
sueldo.

—¡Yelena Ivánovna! ¿Es a usted a quien oigo?
—grité patéticamente—. ¡Qué villano ha podido
meterle eso en la cabeza! Además, el divorcio por
una razón tan infundada como el sueldo es absolutamente imposible. Y el pobre, el pobre Iván Matvéich, por así decirlo, arde entero de amor por usted,
incluso en las entrañas del monstruo. Es más: se de-
rrite de amor como un terrón de azúcar. Ayer mismo
por la tarde, mientras usted se divertía en el baile de
máscaras, mencionó que en un caso extremo tal vez
se decida a mandar traerla a usted, en calidad de le-
gítima esposa, junto a él, a las entrañas, tanto más
cuanto que el cocodrilo resulta ser sumamente espa-
cioso no solo para dos, sino incluso para tres personas...

Y al punto le conté toda esa interesante parte de
mi conversación de ayer con Iván Matvéich.

—¡Cómo, cómo! —gritó ella con asombro—.
¿Quiere usted que yo también me meta ahí dentro,

con Iván Matvéich? ¡Vaya ocurrencias! Y, además, ¿cómo voy a meterme, así con sombrero y con miriñaque? ¡Señor, qué tontería! ¿Y qué figura voy a hacer cuando me meta ahí, y encima tal vez alguien me esté mirando...? ¡Es ridículo! ¿Y qué voy a comer allí...? Y... y cómo voy a estar allí, cuando... ¡Ay, Dios mío, qué cosas se les ocurren...! ¿Y qué diversiones hay allí...? ¿Dice usted que huele a goma elástica? ¿Y cómo voy a estar si nos peleamos allí... tener que estar tumbados uno al lado del otro de todos modos? ¡Uf, qué asco!

—De acuerdo, estoy de acuerdo con todos esos argumentos, queridísima Yelena Ivánovna —la interrumpí, deseoso de expresarme con ese entusiasmo comprensible que siempre se apodera de una persona cuando siente que la verdad está de su lado—, pero hay una cosa que no ha valorado en todo esto; no ha valorado que él, por consiguiente, no puede vivir sin usted, puesto que la llama allí; o sea, que aquí hay amor, ¡amor apasionado, fiel, arrebatador...! ¡No ha valorado el amor, querida Yelena Ivánovna, el amor!

—¡No quiero, no quiero, no quiero ni oír hablar de eso! —se defendía ella agitando su mano pequeña y bonita, en la que brillaban unas uñitas rosadas recién lavadas y cepilladas—. ¡Odioso! Va a hacerme llorar. Métase usted mismo, si le resulta agradable. Al fin y al cabo, usted es su amigo, pues túmbese allí a su lado por amistad y discutan toda la vida sobre alguna ciencia aburrida...

—Se equivoca al reírse así de esta suposición. —Detuve con gravedad a aquella mujer frívola—.

Iván Matvéich ya me llamó allí sin necesidad de eso. Por supuesto, a usted la atrae allí el deber, y a mí solo la magnanimidad; pero, al contarme ayer la extraordinaria elasticidad del cocodrilo, Iván Matvéich hizo una alusión muy clara a que no solo ustedes dos, sino incluso yo, en calidad de amigo de la casa, podríamos acomodarnos allí juntos, los tres, especialmente si yo lo deseara, y por eso...

—¿Cómo es eso, los tres? —gritó Yelena Ivánovna, mirándome con asombro—. Entonces, ¿cómo vamos a... vamos a estar allí los tres juntos? ¡Ja, ja, ja! ¡Qué tontos sois los dos! ¡Ja, ja, ja! ¡Le pellizcaré allí todo el rato sin falta, malvado, más que malvado, ja, ja, ja! ¡Ja, ja, ja!

Y, echándose hacia atrás en el respaldo del sofá, se rio hasta las lágrimas. Todo aquello —las lágrimas y la risa— era hasta tal punto seductor que no pude contenerme y con arrebato me lancé a besarle las manitas, a lo que ella no se opuso, aunque me tiró ligeramente de las orejas en señal de reconciliación.

Luego ambos nos animamos y le conté detalladamente todos los planes de ayer de Iván Matvéich. La idea de las veladas de recepción y del salón abierto le gustó mucho.

—Solo que harán falta muchos vestidos nuevos —observó—, y por eso es necesario que Iván Matvéich mande cuanto antes la mayor cantidad posible de sueldo... Solo que... solo que ¿cómo será eso? —añadió pensativa—. ¿Cómo es eso de que lo traerán a mi casa en una caja? Es muy ridículo. No quiero que lleven a mi marido en una caja. Me dará mucha vergüenza ante los invitados... No quiero, no, no quiero.

—A propósito, para no olvidarlo, ¿estuvo ayer por la tarde Timoféi Semiónich en su casa?

—¡Ah, sí que estuvo; vino a consolarme, e imagínese, estuvimos jugando todo el rato a los triunfos! Él se jugaba caramelos, y si yo perdía, él me besaba las manos. ¡Qué malo es!, e imagínese, a punto estuvo de ir conmigo al baile de máscaras. ¡De verdad!

—¡Un arrebato! —observé—. ¡Y quién no se arrebataría con usted, seductora!

—¡Bueno, ya está usted con sus cumplidos! Espere, que le voy a pellizcar para el camino. Ahora he aprendido a pellizcar terriblemente bien. ¡Ahí tiene, qué le parece! Sí, a propósito, ¿dice usted que Iván Matvéich habló mucho de mí ayer?

—N-n-no, no es que fuera mucho... Le confieso que ahora él piensa más en los destinos de toda la humanidad y quiere...

—¡Pues allá él! ¡No siga! Seguro que es un aburrimiento terrible. Iré a visitarlo algún día. Mañana sin falta. Solo que hoy no; me duele la cabeza, y además habrá tanto público... Dirán: es su mujer, me avergonzarán... Adiós. Por la tarde usted irá... ¿allí?

—Claro, claro. Mandó que fuera y le llevara periódicos.

—Pues estupendo. Vaya a verle y léale. Y no pase hoy por mi casa. No estoy bien, y tal vez salga de visita. Bueno, adiós, travieso.

«Ese morenito vendrá a verla por la tarde», pensé para mis adentros.

En la oficina, naturalmente, no di muestras de que me devoraran tales preocupaciones y agobios. Pero pronto noté que algunos de nuestros periódicos más progresistas pasaban aquella mañana de mano en mano entre mis compañeros con especial rapidez y se leían con expresiones faciales extraordinariamente serias. El primero que cayó en mis manos fue *La Hoja*, un periodicucho sin ninguna tendencia especial, tan solo humanitario en general, por lo que entre nosotros se le despreciaba preferentemente, aunque se leía. No sin asombro leí en él lo siguiente:

«Ayer, en nuestra vasta capital, adornada con magníficos edificios, se difundieron unos rumores extraordinarios. Un tal N., conocido gastrónomo de la alta sociedad, aburrido probablemente de la cocina de Borel[18] y del club de..., entró en el edificio del Passage, en el lugar donde se exhibe un enorme cocodrilo recién traído a la capital, y exigió que se lo prepararan para el almuerzo. Tras regatear con el dueño, se puso allí mismo a devorarlo (es decir, no al dueño, alemán sumamente pacífico y propenso a la exactitud, sino a su cocodrilo) todavía vivo, cortando jugosos trozos con una navajita y engulléndolos con extraordinaria precipitación. Poco a poco, todo el cocodrilo desapareció en sus obesas entrañas, de modo que se disponía incluso a emprenderla con el icneumón, compañero constante del cocodrilo, suponiendo probablemente que también aquel sería igual de sabroso. Nosotros no estamos en absoluto en contra de este nuevo producto, conocido desde hace mucho por los gastrónomos extranjeros. Inclu-

18. Propietario de un costoso restaurante de San Petersburgo, célebre por su cocina refinada.

so lo predijimos de antemano. Los lores ingleses y los viajeros capturan en Egipto cocodrilos en partidas enteras y consumen el espinazo del monstruo en forma de bistec, con mostaza, cebolla y patatas. Los franceses, llegados con Lesseps, prefieren las patas, asadas en ceniza caliente, cosa que hacen, por lo demás, para picar a los ingleses, que se ríen de ellos. Probablemente entre nosotros se apreciará lo uno y lo otro. Por nuestra parte, nos alegramos de esta nueva rama de la industria, de la que carece principalmente nuestra fuerte y variada patria. Tras este primer cocodrilo, desaparecido en las entrañas del gastrónomo petersburgués, probablemente no pasará ni un año sin que nos los traigan a cientos. ¿Y por qué no aclimatar al cocodrilo aquí, en Rusia? Si el agua del Nevá es demasiado fría para estos interesantes extranjeros, en la capital hay estanques, y a las afueras, ríos y lagos. ¿Por qué, por ejemplo, no criar cocodrilos en Párgolovo o en Pávlovsk, y en Moscú en los estanques de la Presnia y en la Samotieka? Al tiempo que proporcionarían un alimento agradable y sano a nuestros refinados gastrónomos, podrían divertir a las damas que pasean por esos estanques y servir para instruir a los niños en la historia natural. Con la piel de cocodrilo se podrían fabricar estuches, maletas, pitilleras y carteras, y tal vez más de un millar de rublos de comerciantes rusos, en esos billetes sobados que los mercaderes prefieren por encima de todo, acabaría descansando en piel de cocodrilo. Esperamos volver más de una vez sobre este interesante asunto».

Aunque yo presentía algo por el estilo, la temeridad de la noticia me desconcertó. Al no encontrar con quién compartir mis impresiones, me dirigí a Prójor Sávvich, que estaba sentado frente a mí, y advertí que llevaba ya rato siguiéndome con la mirada y que tenía en las manos *El Pelo*, como dispuesto a pasármelo. En silencio tomó de mis manos *La Hoja* y, al entregarme *El Pelo*, marcó fuertemente con la uña el artículo sobre el que, probablemente, quería llamar mi atención. Este Prójor Sávvich era entre nosotros un hombre de lo más singular: viejo soltero y taciturno, no mantenía relación alguna con ninguno de nosotros, casi no hablaba con nadie en la oficina, tenía siempre y sobre todo su propia opinión, pero no soportaba comunicársela a nadie. Vivía solo. Casi ninguno de nosotros había pisado su vivienda.

Véase lo que leí en el pasaje señalado de *El Pelo*: «Es sabido por todos que somos progresistas y humanitarios y que queremos alcanzar en esto a Europa. Pero, a pesar de todos los desvelos y esfuerzos de nuestro periódico, estamos aún lejos de haber "madurado", como atestigua el escandaloso suceso ocurrido ayer en el Passage y que nosotros habíamos pronosticado. Llega a la capital un extranjero propietario y trae consigo un cocodrilo, al cual empieza a exhibir en el Passage ante el público. Nosotros nos apresuramos de inmediato a dar la bienvenida a una nueva rama de industria provechosa, de la que adolece en general nuestra fuerte y variada patria. Cuando he aquí que ayer, a las cuatro y media de la tarde, se presenta en la tienda del extranjero propietario un individuo de grosor extraordinario y en estado de embriaguez, paga la entrada y acto seguido, sin previo aviso, se mete en las fauces del cocodrilo, el cual, como es natural, se vio obligado a engullirlo, aunque solo fuera por sentido de conservación, para no atragantarse. Tras precipitarse en el interior del cocodrilo, el desconocido se duerme al instante. Ni los gritos del extranjero propietario, ni los alaridos de su aterrada familia ni las amenazas de recurrir a la policía surten efecto alguno. Desde las entrañas del cocodrilo solo se oyen carcajadas y la promesa de ajustar las cuentas a azotes (*sic!*), mientras el pobre mamífero, obligado a engullir semejante masa, vierte lágrimas en vano. El huésped no invitado es peor que un tártaro, pero, a pesar del proverbio, el impertinente visitante se niega a salir. No acertamos a explicar semejantes hechos bárbaros, que atestiguan nuestra inmadurez y nos deshonran ante los extranjeros. La desmesura de la naturaleza rusa ha encontrado una digna aplicación. Cabe preguntarse: ¿qué buscaba el intruso visitante? ¿Un alojamiento cálido y confortable? Pero en la capital hay multitud de casas magníficas con pisos baratos y sumamente confortables, con agua canalizada del Nevá y escalera iluminada por gas, junto a la cual a menudo los caseros ponen un portero. Llamamos asimismo la atención de nuestros lectores sobre la propia barbarie en el trato a los animales domésticos: al cocodrilo forastero le resulta difícil, como es natural, digerir semejante masa de una vez, y ahora yace, hinchado como una montaña, aguardando la muerte entre sufrimientos insoportables. En Europa hace mucho que se persigue judicialmente a quienes tratan de manera inhumana a los animales domésticos. Pero, a pesar del alumbrado europeo, de las aceras europeas, de la construcción europea de las casas, nos queda aún mucho para desprendernos de nuestros inveterados prejuicios. Las casas son nuevas, pero los prejuicios viejos, e incluso las casas tampoco son nuevas, al menos las escaleras. Ya hemos mencionado más de una vez en nuestro periódico que en el lado de Petersburgo, en la casa del comerciante Lukiánov, los peldaños del tramo curvo de la escalera de madera se han podrido, se han hundido y representan desde hace tiempo un peligro para la mujer de soldado Afimia Skapidárova, que está a su servicio y se ve obligada a subir a menudo la escalera cargada de agua o de una brazada de leña. Por fin nuestras predicciones se han confirmado: ayer por la tarde, a las ocho y media pasadas, la mujer de soldado Afimia Skapidárova se hundió con una sopera y acabó, en efecto, rompiéndose una pierna. No sabemos si Lukiánov arreglará ahora su escalera; el ruso es fuerte en la sabiduría *a posteriori*, pero la víctima de la desidia rusa ya ha sido llevada al hospital. Del mismo modo, no nos cansaremos de afirmar que los porteros que limpian el barro de las aceras de madera en el lado de Víborg no deben manchar los pies de los transeúntes, sino amontonar el barro en pequeños montones, tal como se hace en Europa al limpiar las botas... etc., etc.».

—Pero ¿qué es esto —dije yo, mirando con cierto desconcierto a Prójor Sávvich—, qué es esto?

—¿Qué pasa, señor?

—Pero, por Dios, en lugar de compadecerse de Iván Matvéich, se compadecen del cocodrilo.

—¿Y qué? Se han compadecido incluso de un animal, de un mamífero. ¿Qué, no somos Europa acaso? Allí también se compadecen mucho de los cocodrilos. ¡Ji, ji, ji!

Dicho esto, el excéntrico Prójor Sávvich se enfrascó en sus papeles y no volvió a pronunciar palabra.

Me guardé *El Pelo* y *La Hoja* en el bolsillo y, además, recogí para el entretenimiento vespertino de Iván Matvéich cuantos números atrasados de *Las Noticias* y de *El Pelo* pude encontrar y, aunque aún faltaba mucho para la noche, esta vez me escabullí de la oficina un poco antes para acercarme al Passage y ver, aunque fuera de lejos, lo que allí sucedía, y escuchar las diversas opiniones y tendencias. Presentía que sería un hervidero, y por si acaso me arrebujé bien la cara en el cuello del capote, porque sentía una especie de vergüenza; hasta tal punto no estamos acostumbrados a la publicidad. Pero siento que no tengo derecho a transmitir mis propias y prosaicas sensaciones ante un acontecimiento tan notable y original.

El campesino Maréi

Considero que la lectura de todas estas *professions de foi* es sumamente tediosa; por eso, contaré una anécdota que, en rigor, ni siquiera lo es. Se trata solo de un recuerdo lejano que, por alguna razón, me apetece mucho contar precisamente aquí y ahora, como conclusión de nuestro tratado sobre el pueblo. Tenía yo entonces apenas nueve años... Pero no: mejor empezaré por cuando tenía veintinueve.

Era el segundo día de la Pascua.[1] El aire estaba templado, el cielo azul y el sol cálido y radiante, pero en mi alma todo estaba muy sombrío. Vagaba yo tras los barracones y miraba —contándolos— los maderos de la sólida empalizada del presidio; pero

1. Se refiere a la Pascua de Resurrección (también conocida como Pascua Florida). Concretamente, el narrador sitúa la escena en el segundo día de la Pascua de 1850, cuando Dostoievski tenía veintinueve años y se encontraba cumpliendo su condena en el presidio de Omsk, en Siberia.

ni siquiera me apetecía contarlos, aunque era mi costumbre. Hacía ya dos días en que en el presidio «se celebraba la fiesta»; a los presidiarios no los sacaban a trabajar y la embriaguez era generalizada; los improperios y las riñas estallaban a cada momento, en todos los rincones. Cantos soeces y repugnantes, timbas de naipes debajo de las literas, varios presidiarios apaleados casi hasta la muerte, por la especial violencia, en juicio sumario de sus propios compañeros, y tapados con pellizas en las literas hasta que revivieran y volvieran en sí y cuchillos ya desenvainados en más de una ocasión; todo aquello, en dos días de fiesta, me había torturado hasta enfermar. Y es que nunca pude soportar sin repulsión el desenfreno ebrio del pueblo; y allí, en aquel lugar, menos aún. En esos días ni siquiera las autoridades asomaban por el presidio: no hacían registros, no buscaban vino, entendiendo que, una vez al año, había que dejar que incluso esos parias se desahogaran, pues de lo contrario sería peor. Finalmente, en mi corazón prendió la rabia. Me crucé con el polaco M-cki, uno de los presos políticos; me miró sombrío, los ojos le centellearon y los labios le temblaron: «*Je hais ces brigands*»,[2] me dijo rechinando los dientes, en voz baja, y pasó de largo. Regresé al barracón, aunque apenas un cuarto de hora antes había huido

2. «¡Odio a estos bandidos!» La frase en francés subraya la barrera infranqueable entre la nobleza polaca (occidentalizada, católica y aristocrática) y el campesinado ruso. Para los polacos, los presidiarios rusos no eran más que salvajes sin rasgos humanos redimibles.

de allí como medio loco cuando seis hombretones se lanzaron todos a la vez sobre el tártaro borracho Gazin para reducirlo y empezaron a golpearlo; lo golpeaban con una saña absurda: con semejante paliza se habría podido matar a un camello, pero sabían que a aquel Hércules era difícil matarlo y, por eso, le pegaban sin reparo. Ahora, al volver, advertí al fondo del barracón, en las literas del rincón, a Gazin ya inconsciente, casi sin señales de vida; yacía cubierto con una pelliza, y todos pasaban de largo en silencio, aunque esperaban firmemente que a la mañana siguiente recobraría el sentido, «con semejante paliza, nunca se sabe, tal vez acabe muriendo el hombre». Me abrí paso hasta mi sitio, frente a la ventana enrejada, y me tumbé boca arriba, con las manos detrás de la cabeza y los ojos cerrados. Me gustaba estar echado de aquel modo: a quien duerme no lo molestan y, mientras tanto, uno puede soñar y pensar. Pero no tenía ganas de soñar; el corazón me latía inquieto y en los oídos me resonaban las palabras de M-cki: «*Je hais ces brigands*». Por lo demás, ¿para qué describir tales impresiones? Aún hoy, a veces, sueño por las noches con aquel tiempo, y no hay pesadillas que me atormenten más. Quizá también hayan advertido que, hasta la fecha, casi nunca he hablado en letra impresa sobre mi vida en el presidio; *Apuntes de la casa de los muertos* lo escribí hace quince años, con la voz de un personaje ficticio, un criminal que supuestamente había asesinado a su esposa. De paso añadiré, como detalle, que, desde entonces, muchos piensan de mí —y aún lo sostienen— que me desterraron por haber matado a mi mujer.

93

Poco a poco me fui abstrayendo y me sumergí sin darme cuenta en mis recuerdos. Durante los cuatro años de mi condena a trabajos forzados recordé sin cesar todo mi pasado y, me parece, en esos recuerdos reviví toda mi vida anterior. Estos surgían por sí solos; rara vez los evocaba por voluntad propia. Todo empezaba por un punto cualquiera, por un rasgo —a veces imperceptible—, y luego, poco a poco, crecía hasta formar todo un cuadro, una impresión potente y cerrada. Analizaba esas impresiones, añadía nuevos rasgos a las antiguas vivencias y lo principal era que enmendaba lo vivido, lo corregía, lo corregía sin cesar: en eso consistía toda mi diversión.

Esa vez, por alguna razón, me vino de pronto a la memoria un instante fugaz de mi primera infancia, cuando tenía apenas nueve años; un instante que, al parecer, había olvidado por completo; pero entonces me gustaba evocar en especial los recuerdos de mi temprana niñez.

Me vino a la memoria un mes de agosto en nuestra aldea: un día seco y claro, aunque algo frío y ventoso; el verano tocaba a su fin, y pronto habría que irse a Moscú a aburrirse otra vez todo el invierno con las lecciones de francés, y a mí me daba tanta pena dejar la aldea... Pasé detrás de las eras y, después de descender por el barranco, subí al Losk: así llamábamos nosotros a la espesura de matorral que se extendía al otro lado del barranco, hasta el mismo bosquecillo. Y allí me adentré entre los matorrales y oí cómo, no muy lejos, a unos treinta pasos, en un claro, un campesino araba en solitario. Yo sabía que araba cuesta arriba y que al animal le costaba avanzar, y de vez en cuando me llegaba su grito: «¡Arre, arre!». Conocía a casi todos nuestros campesinos, pero no sabía cuál era el que estaba ahora arando, aunque me daba igual; yo estaba completamente absorto en lo mío, también ocupado: me hallaba arrancando una vara de avellano para azotar con ella a las ranas; las varas de avellano son hermosas, pero poco resistentes, muy inferiores a las de abedul. También me entretenían los escarabajos y otros bichitos: los coleccionaba, y había algunos muy vistosos. Me gustaban también las pequeñas y ágiles lagartijas rojo-amarillas, con manchitas negras; pero las culebras me daban miedo. Por lo demás, era mucho más difícil encontrar culebras que lagartijas. No abundaban las setas; para recolectarlas había que adentrarse en el bosque de abedules, y allí me dirigía. Y nada he amado tanto en la vida como el bosque con sus setas y sus bayas silvestres, con sus bichitos y pajarillos, con sus erizos y ardillas, con ese aroma húmedo, tan querido para mí, de hojarasca podrida. E incluso ahora, mientras escribo esto, me ha parecido percibir el olor de nuestro bosque de abedules de la aldea: esas impresiones permanecen para siempre.

De pronto, en medio de un profundo silencio, oí con claridad y nitidez un grito: «¡Que viene el lobo!». Di un alarido y, fuera de mí del susto, gritando a pleno pulmón, eché a correr hacia el claro, directamente hacia el campesino que araba.

Era nuestro campesino Maréi. Ignoro si tal nombre existe, pero todos lo llamaban así; era un hombre de unos cincuenta años, fornido, más bien alto, con una barba poblada de color rubio oscuro, veteada de canas. Aunque lo conocía, hasta entonces casi nunca se había dado el caso de que yo le dirigiera la palabra. Incluso detuvo a su yegüita al oír mi grito; y cuando yo, tras llegar corriendo, me agarré con una mano a su arado y con la otra a su manga, él se dio cuenta de mi espanto.

—¡Que viene el lobo! —grité, jadeante.

Alzó la cabeza y, por instinto, miró a su alrededor, casi creyéndome por un instante.

—¿Dónde está el lobo?

—Un grito... Alguien ha gritado: que viene el lobo —balbuceé.

—Pero ¿qué dices?, qué lobo ni qué lobo. Te lo habrás imaginado. Mira, ¿cómo va a haber lobos aquí? —murmuró, dándome ánimos.

Pero yo temblaba entero y me aferré aún más a su zamarra; debía de estar muy pálido. Él me observaba con una sonrisa inquieta, visiblemente asustado y preocupado por mí.

—¡Vaya susto te has llevado, ay, ay! —decía, moviendo la cabeza—. Ya pasó, criatura. ¡Vaya con el pequeño, ay!

Alargó la mano y, de pronto, me acarició la mejilla.

—Vamos, ya pasó, no temas, Cristo está contigo, santíguate.

Pero yo no me santigüé; las comisuras de los labios me temblaban, y aquello parecía causarle una impresión especial. Aproximó despacito su pulgar, con la uña negra, manchado de tierra, y rozó con suavidad mis labios trémulos.

—Vaya, pero si... Ay —dijo, con una sonrisa maternal y prolongada—. Señor, pero ¿qué es esto? Ay, ay...

Al final entendí que no había lobo y que aquel grito de «¡Que viene el lobo!» me lo había imaginado. El grito fue, eso sí, muy claro y nítido, pero gritos así (y no solo referidos a lobos) ya me los había imaginado yo una o dos veces antes, y yo lo sabía. (Más adelante, al dejar atrás la infancia, aquellas alucinaciones cesaron.)

—Bueno, me voy —dije, mirándolo tímido, con aire interrogante.

—Pues vete, que yo te seguiré con la vista. ¡No dejaré que te pille el lobo! —añadió, con la misma sonrisa maternal—. Vamos, Cristo está contigo, ve. —Y me hizo la señal de la cruz con su mano, y luego él mismo se persignó.

Me fui, volviéndome casi cada diez pasos. Maréi, mientras yo caminaba, se quedó allí con su yegüita y me miraba alejarme; cada vez que yo volvía la vista atrás, él asentía. La verdad es que me daba un poco de vergüenza haberme asustado tanto delante de él, pero seguí andando, todavía con mucho miedo del lobo, hasta que subí la ladera del barranco y llegué al primer granero; allí el miedo se disipó del todo y de pronto, de la nada, se me echó encima nuestro perro del corral, Lobito. Con él ya me animé del todo y me volví por última vez hacia Maréi; ya no podía distinguirle bien la cara, pero sentí que seguía sonriéndome con la misma dulzura y asintiendo. Le dije adiós con la mano; él me devolvió el gesto y arreó a su yegüita.

—¡Arre, arre! —me llegó otra vez su grito a lo lejos, y la yegüita tiró de nuevo del arado.

Todo eso me volvió de golpe, no sé por qué, pero con una precisión asombrosa en los detalles. De pronto desperté y me incorporé en las literas y, me acuerdo, aún conservaba en el rostro la tranquila sonrisa del recuerdo. Durante un minuto más seguí recordando.

Entonces, al volver a casa, después de lo de Maréi, no le conté a nadie mi «aventura». Al fin y al cabo, ¿qué aventura era esa? Y de Maréi me olvidé muy pronto. En lo sucesivo, cuando me lo encontraba alguna vez, ni siquiera le hablaba; no ya del lobo, sino de nada; sin embargo, ahora, veinte años después, en Siberia, recordaba todo aquel encuentro con una claridad absoluta, hasta el último rasgo. Así que se me había quedado grabado en el alma, sin que yo lo supiera, por sí solo y sin mi voluntad, y de pronto lo recordé cuando me hizo falta: esa sonrisa tierna, maternal, del pobre campesino siervo; sus señales de la cruz, el movimiento de cabeza: «Vaya, se ha asustado el pequeño...». Y sobre todo ese pulgar suyo, manchado de tierra, con el que rozó, suavemente y con una tímida ternura, mis labios trémulos. Claro que cualquiera habría tranquilizado a un niño, pero ahí, en aquel encuentro solitario, sucedió en cierto modo algo totalmente distinto; y si yo hubiera sido su propio hijo, él no habría podido dirigirme una mirada que resplandeciera con un amor más luminoso, ¿y quién le obligaba? Era nuestro campesino, un siervo; y yo, después de todo, era el señorito; nadie iba a enterarse de cómo me había reconfortado ni iba a recompensarlo por ello. ¿Acaso sentía un afecto especial por los niños? Hay personas así. El encuentro fue solitario, en un campo vacío, y solo Dios, quizá, vio desde arriba de qué sentimiento humano, profundo y luminoso, y de qué ternura delicada, casi femenina, puede estar lleno el corazón de un rudo campesino ruso, brutalmente ignorante, siervo aún, que entonces ni siquiera esperaba o imaginaba la libertad. Decidme: ¿no es esto a lo que se refería Konstantín Aksákov[3] al hablar de la elevada cultura de nuestro pueblo?

Y entonces, cuando bajé de la litera y miré a mi alrededor, recuerdo que de pronto sentí que podía mirar a esos desdichados con otros ojos, y, por algún milagro, desapareció por completo toda la rabia y todo el odio de mi corazón. Eché a andar, fijándome en las caras de aquellos con los que me cruzaba. Ese campesino de cabeza afeitada y envilecido, con marcas de presidiario en la cara, borracho, que berreaba su canción ronca y ebria, bien podría ser el mismísimo Maréi, pues yo no puedo mirar dentro de su corazón.[4] Aquella misma tarde volví a encontrarme con M-cki. ¡Desgraciado! Él ya no podía tener re-

3. Dostoievski acababa de leer un artículo póstumo del crítico Konstantín Aksákov (1817-1860), uno de los ideólogos más fervientes del eslavofilismo, en una antología publicada por el Comité Eslavo. En este artículo, Aksákov sostenía una tesis audaz y paradójica para la mentalidad occidentalizante: afirmaba que el pueblo ruso, a pesar de su analfabetismo, estaba desde hacía mucho tiempo «ilustrado» e «instruido».

4. Alusión a un proverbio popular ruso que subraya la imposibilidad de conocer la esencia moral de otro ser humano

cuerdos de ninguno de esos Maréis ni ninguna otra mirada sobre esa gente que no fuera: «*Je hais ces brigands!*». No, en verdad, aquellos polacos padecieron entonces mucho más que nosotros.

---

basándose únicamente en su apariencia exterior o comportamiento visible.

El sueño de un hombre ridículo

Relato fantástico

I

Soy un hombre ridículo. Ahora me llaman loco. Eso sería un ascenso en el escalafón, si no siguiera siendo para ellos igual de ridículo que antes. Pero ya no me enfado; ahora todos ellos me resultan entrañables, e incluso cuando se ríen de mí, incluso entonces, son por alguna razón especialmente entrañables. Yo mismo me reiría con ellos —no de mí, sino por cariño hacia ellos—, si no me diera tanta tristeza mirarlos. Tristeza porque ellos no conocen la verdad, y yo sí. ¡Oh, qué duro es conocer la verdad uno solo! Pero ellos no lo entenderán. No, no lo entenderán. Antes me angustiaba mucho parecer ridículo. No parecerlo: serlo. Siempre fui ridículo, y lo sé, quizá desde mi mismo nacimiento. Tal vez ya a los siete años sabía que era ridículo. Luego fui a la escuela, después a la universidad y, qué decir: cuanto más estudiaba, más aprendía que era ridículo. De modo que toda mi ciencia universitaria no existía al final sino para demostrarme y explicarme, a medida que profundizaba en ella, que yo era ridículo. Tal como en la ciencia, así me iba en la vida. Con cada año que pasaba crecía y se afianzaba en mí la misma conciencia de mi aspecto ridículo en todos los sentidos. Todos se reían de mí siempre. Pero nadie sabía ni sospechaba que, si había un hombre en la tierra con plena conciencia de que yo era ridículo, ese era yo mismo, y eso era precisamente lo más ofensivo para mí: que ellos no lo supieran; pero ahí la culpa era mía: siempre fui tan orgulloso que, por nada del mundo, habría querido confesárselo a nadie. Este orgullo crecía en mí con los años, y si hubiese ocurrido que ante quien fuera me hubiese permitido confesar que era ridículo, me parece que allí mismo, esa misma noche, me habría volado la cabeza con un revólver. ¡Oh, cuánto sufrí en mi adolescencia por miedo a no aguantar y confesarlo de pronto, de algún modo, a mis compañeros! Pero, al llegar a la juventud, aunque cada año aprendía más y más sobre esta terrible cualidad mía, por alguna razón me fui tranquilizando un poco. Precisamente «por alguna razón», porque hasta ahora no puedo definir por qué. Quizá porque en mi alma iba creciendo una terrible angustia ante una circunstancia que estaba ya infinitamente por encima de todo mi ser: a saber, la convicción que se apoderó de mí de que, en el mundo, en todas partes, *todo da lo mismo*. Hacía mucho que lo presentía, pero la plena convicción surgió en este último año, de un modo repentino. De pronto sentí que me daría igual que el mundo existiera o que en ninguna parte hubiera nada. Empecé a oír y a sentir con todo mi ser que, aun estando yo presente, *no había nada*. Al principio me daba la impresión de que, en cambio, había habido muchas cosas antes, pero luego adiviné que antes tampoco había habido nada, sino que solo lo parecía por alguna razón. Poco a poco me convencí de que tampoco habría nada nunca. Entonces de pronto dejé de enfadarme con la gente y casi dejé de notarlos. En verdad, esto se manifestaba incluso en las nimiedades más insignificantes: me ocurría, por ejemplo, que iba por la calle y tropezaba con la gente. Y no por estar ensimismado: ¿en qué iba yo a pensar? Había dejado de pensar por completo entonces: todo me daba lo mismo. Y ojalá hubiera resuelto las preguntas; oh, ni una sola resolví, ¡y cuántas había! Pero todo empezó a darme igual, y todas las preguntas se alejaron. Y he aquí que, después de eso, conocí la verdad. La verdad la conocí el pasado noviembre, en concreto el 3 de noviembre, y desde aquel momento recuerdo cada instante de mi vida. Fue en una noche sombría, la más sombría que pueda haber. Regresaba a casa a eso de las diez de la noche y, precisamente, recuerdo que pensé que no podía haber un tiempo más sombrío. Incluso en el sentido físico. Llovió todo el día, y era la lluvia más fría y sombría, una lluvia casi amenazadora, lo recuerdo, con una hostilidad manifiesta hacia las personas; y de pronto, hacia las once, cesó, y comenzó una humedad espantosa, más húmeda y más fría que cuando llovía, y de todo emanaba una especie de vapor, de cada piedra de la calle y de cada callejón, si uno se asomaba al fondo, a lo más profundo, desde la calle. De pronto se me ocurrió que, si se apagara el gas en todas partes, se estaría mejor, y que con el gas el corazón se sentía más triste, porque lo iluminaba todo. Ese día casi no había comido y desde primera hora de la noche estuve sentado en casa de un ingeniero, y con él había otros dos amigos. Yo callaba todo el rato y, al parecer, los aburrí. Hablaban de algo polémico y hasta llegaron a acalorarse. Pero a ellos les daba igual, yo lo veía, y solo se acaloraban por acalorarse. De pronto se lo dije: «Caballeros —les digo—, a ustedes, en el fondo, les da todo igual». No se ofendieron, sino que todos se rieron de mí. Y fue porque lo dije sin el menor reproche, y simplemente porque a mí me daba todo igual. Ellos vieron que me daba todo igual, y les hizo gracia.

Cuando regresaba a casa, en la calle, al pensar en el gas, miré al cielo. El cielo estaba terriblemente oscuro, pero se distinguían con claridad las nubes desgarradas y, entre ellas, manchas negras insondables. De pronto noté en una de aquellas manchas una estrellita y me quedé mirándola fijamente. Fue porque aquella estrellita me dio una idea: decidí matarme esa noche. Lo tenía firmemente decidido desde hacía ya dos meses, y, por pobre que sea, me había comprado un magnífico revólver y ese mismo día lo había cargado. Pero habían pasado ya dos meses y el arma seguía en el cajón; pero todo me era tan indiferente que quise aguardar a un momento en que no me fuera tan indiferente, por qué razón, no lo sé. Y así, durante aquellos dos meses, cada noche, al volver a casa, pensaba que me pegaría un tiro. Esperaba siempre el momento. Y ahora aquella estrellita me dio la idea, y decidí que lo haría sin falta aquella misma noche. Y por qué la estrellita me dio la idea, no lo sé. Y he aquí que, mientras miraba al cielo, aquella niña me agarró de pronto por el codo. La calle estaba ya vacía y no había casi nadie. A lo lejos dormía un cochero en su pescante. La niña tendría unos ocho años, llevaba un pañuelo en la cabeza y solo un vestidito, toda empapada, pero recuerdo sobre todo sus zapatos rotos y mojados, y aún ahora los recuerdo. Me llamaron especialmente la atención. De pronto se puso a tirarme del codo y a llamarme. No lloraba, sino que gritaba entrecortadamente unas palabras que no podía articular bien, porque temblaba toda con un temblor menudo de escalofrío. Estaba aterrorizada por algo y gritaba desesperada: «¡Mamita! ¡Mamita!». Hice ademán de volverme, pero no dije una palabra y seguí caminando; sin embargo, ella corría a mi lado y tiraba de mí, y en su voz resonó ese sonido que en los niños muy asustados significa desesperación. Conozco ese sonido. Aunque no terminaba las palabras, comprendí que su madre se estaba muriendo en alguna parte, o que les había pasado algo, y que ella había salido corriendo a buscar a alguien, a encontrar algo para ayudar a su mamá. Pero no fui con ella; al contrario, me vino de pronto la idea de ahuyentarla. Primero le dije que buscara a un guardia. Pero ella juntó de pronto las manitas y, sollozando, jadeando, seguía corriendo a mi lado y no me dejaba. Fue entonces cuando di un pisotón hacia ella y le grité. Ella solo gritó: «¡Señor, señor!...», pero de pronto me dejó y cruzó la calle a todo correr: allí había aparecido también un transeúnte y, por lo visto, corrió de mí hacia él.

Subí a mi quinto piso. Vivo de alquiler, en una pensión. Mi cuarto es pobre y pequeño, y la ventana es abuhardillada, semicircular. Tengo un sofá de hule, una mesa con libros, dos sillas y una butaca cómoda, vieja, viejísima, pero de estilo Voltaire. Me senté, encendí la vela y me puse a pensar. Al lado, en la otra habitación, tras el tabique, seguía el escándalo. Duraba ya dos días. Allí vivía un capitán retirado y tenía de invitados a unos seis golfos que bebían vodka y jugaban al faraón con una baraja vieja. La noche anterior hubo pelea, y sé que dos de ellos estuvieron largo rato tirándose de los pelos. La patrona quería denunciarlos, pero le tiene un miedo espantoso al capitán. En nuestra pensión, solo hay otra inquilina: una dama bajita y delgada, mujer de militar, forastera, con tres niños pequeños que enfermaron ya aquí. Tanto ella como sus hijos le tienen al capitán un miedo mortal y se pasan la noche temblando y santiguándose, y al más pequeño le dio del susto una especie de ataque. Este capitán, lo sé con certeza, a veces detiene a los viandantes en la avenida Nevski y pide limosna. No lo aceptan en el servicio, pero, cosa extraña (y a esto es adonde quiero llegar), durante todo el mes que lleva viviendo con nosotros el capitán no me ha provocado ningún fastidio. Desde el principio, por supuesto, eludí tratar con él, y además él mismo se aburrió de mí a la primera, pero por mucho que gritaran detrás de su tabique y por muchos que fueran, a mí siempre me daba igual. Me paso sentado toda la noche y, de verdad, no los oigo; hasta tal punto me olvido de ellos. Y es que no duermo hasta el amanecer, y así desde hace ya un año. Me paso la noche entera sentado a la mesa en la butaca sin hacer nada. Los libros los leo solo de día. Estoy sentado y ni siquiera pienso; simplemente hay pensamientos que vagan, y yo los dejo en libertad. La vela se consume entera durante la noche. Me senté a la mesa en silencio, saqué el revólver y lo puse delante de mí. Cuando lo dejé allí, recuerdo que me pregunté: «¿Es así?», y con toda certeza me respondí: «Así es». Es decir, me pegaré un tiro. Sabía que esa noche me pegaría un tiro sin falta, pero cuánto tiempo más estaría sentado a la mesa hasta entonces, eso no lo sabía. Y, por supuesto, me habría pegado el tiro si no hubiera sido por aquella niña.

II

Verán: aunque a mí todo me daba igual, el dolor, por ejemplo, sí lo sentía. De haberme pegado alguien, habría sentido dolor. Exactamente lo mismo en el plano moral: si hubiera sucedido algo muy lastimoso, habría sentido lástima, lo mismo que cuando en la vida aún no me daba todo igual. Y lástima había sentido un momento antes: a un niño yo lo habría ayudado sin falta. ¿Por qué, pues, no ayudé a la niña? Pues por una idea que se me presentó entonces: cuando ella me tiraba del codo y me llamaba, surgió de pronto ante mí una pregunta que no pude resolver. La pregunta era ociosa, pero me enfadé. Me enfadé a consecuencia de la siguiente deducción: si ya había decidido acabar conmigo esa noche, entonces todo en el mundo debía darme ahora, más que nunca, absolutamente igual. ¿Cómo era que de pronto sentía que no todo me daba igual y que compadecía a la niña? Recuerdo que sentí mucha lástima por ella; hasta un dolor extraño, del todo inverosímil en mi situación. En verdad, no sé expresar mejor aquella sensación mía pasajera, pero la sensación continuó en casa, cuando ya me había sentado a la mesa, y estaba muy irritado, como no lo estaba en mucho tiempo. Un razonamiento seguía a otro. Parecía claro que, si soy un hombre y todavía no un cero, y mientras no me haya convertido en cero, vivo y, por consiguiente, puedo sufrir, enfadarme y sentir vergüenza por mis actos. Bien. Pero si me mataba —pongamos— al cabo de dos horas, ¿qué me importaba la niña, y qué me importarían entonces la vergüenza y todo lo demás en el mundo? Si me convertía en un cero, en un cero absoluto, ¿acaso la conciencia de que al cabo de un instante dejaría de existir por completo y de que, por tanto, nada existiría no podía ejercer la más mínima influencia ni sobre la compasión por la niña ni sobre la vergüenza tras el acto vil cometido? Precisamente por eso di ese pisotón en el suelo y le grité con voz salvaje a aquella pobre criatura: como quien dice, no solo no siento compasión, sino que, aunque cometa la vileza más inhumana, ahora puedo, porque dentro de dos horas todo se apagará. ¿Me creen si digo que grité por eso? Ahora estoy casi convencido de ello. Se me aparecía con claridad que la vida y el mundo dependían ahora, como si dijéramos, de mí. Cabe decir incluso que el mundo ahora estaba hecho, por así decirlo, solo para mí: me pegaré un tiro, y el mundo dejará de existir, al menos para mí. Por no mencionar que tal vez, en efecto, para nadie habrá nada después de mí y el mundo entero, apenas se apague mi conciencia, se apagará al instante como un fantasma, como mera pertenencia de mi sola conciencia, y quedará abolido, pues tal vez todo ese mundo y toda esa gente no sean más que yo mismo. Recuerdo que, sentado y cavilando, iba dando vueltas a todos estos nuevos interrogantes, que se agolpaban uno tras otro, derivando hacia otra dirección, e inventaba cosas del todo nuevas. Por ejemplo, de pronto se me ocurrió una reflexión extraña: si yo hubiera vivido antes en la Luna o en Marte y hubiera cometido allí el acto más vergonzoso y deshonesto que quepa imaginar; si por ello me hubieran escarnecido y deshonrado como solo a veces es posible sentir e imaginar en sueños, en una pesadilla, y si después, al encontrarme luego en la Tierra, conservara la conciencia de lo que hice en el otro planeta, y además supiera que jamás, por nada del mundo, regresaría allí, en tal caso, al contemplar la Luna desde la Tierra, ¿me resultaría todo indiferente o no? ¿Sentiría vergüenza por aquel acto o no?

Eran preguntas vanas y superfluas, porque el revólver aguardaba delante de mí y yo sabía con todo mi ser que aquello sucedería sin falta; pero me enardecían y me enfurecían. Era como si ya no pudiera morirme sin haber resuelto algo antes. En suma, aquella niña me salvó, porque yo, con aquellas preguntas, aplacé el disparo. Entretanto, en la habitación del capitán también se fue calmando el estrépito: terminaron la partida, se disponían a dormir y, entretanto, refunfuñaban y se insultaban con pereza. Y fue entonces cuando de pronto me quedé dormido —algo que nunca me había ocurrido antes—, allí mismo, sentado a la mesa, en la butaca. Me dormí sin darme la menor cuenta.

Los sueños, como se sabe, son algo extrañísimo: una cosa se presenta con una claridad espantosa, con un acabado de orfebre en los detalles, y por otras saltas sin reparar siquiera en ellas, por ejemplo el tiempo y el espacio. Parece que los sueños no los rige la razón, sino el deseo; no la cabeza, sino el corazón; sin embargo, qué maniobras tan astutas hacía a veces mi razón en sueños. Y, sin embargo, en sueños le ocurren cosas del todo inconcebibles.

Mi hermano, por ejemplo, murió hace cinco años. A veces lo veo en sueños: participa en mis asuntos, compartimos intereses, y sin embargo yo, durante todo el sueño, sé perfectamente —lo sé y lo recuerdo— que mi hermano ha muerto y está enterrado. ¿Cómo es que no me asombra que, aun muerto, esté aquí, a mi lado, y se afane conmigo? ¿Por qué mi razón acepta todo eso sin chistar? Pero basta.

Paso a mi sueño. Sí: entonces tuve este sueño, ¡mi sueño del 3 de noviembre! Ahora se burlan de mí diciendo que no fue más que un sueño. Pero ¿qué importa si lo fue o no, si ese sueño me anunció la Verdad? Porque una vez que uno ha conocido la verdad y la ha visto, reconoce que es y que no existe otra ni puede haberla, esté uno durmiendo o viviendo. Pues bien, que sea un sueño, si quieren; pero esta vida que ustedes tanto ensalzan yo quise apagarla con un suicidio, y mi sueño, mi sueño... ¡oh!, él me anunció una vida nueva, grande, renovada, fuerte.

Escuchen.

III

Como ya he mencionado, me venció el sueño sin darme cuenta y como si siguiera reflexionando sobre los mismos asuntos. De pronto soñé que empuñaba el revólver y, sentado, me lo apuntaba directo al corazón —al corazón, no a la cabeza—, cuando yo había decidido antes pegarme el tiro sin falta en la cabeza, y concretamente en la sien derecha. Apunté al pecho, aguardé uno o dos segundos y, de pronto, tanto la vela como la mesa y la pared de enfrente empezaron a moverse y a oscilar. Me apresuré a apretar el gatillo.

En sueños, a veces, caes desde una gran altura, o te acuchillan, o te apalean, pero nunca sientes dolor, salvo quizá si te das un golpe de verdad en la cama: entonces sí lo sientes, y casi siempre te despiertas de ese dolor. Así fue en mi sueño: dolor no sentí, pero me pareció que, con el disparo, todo en mí se estremeció, y que todo se apagó, y alrededor se hizo una oscuridad espantosa. Quedé como ciego y mudo. Y me veo tendido, boca arriba, sobre algo duro: no veo nada y no puedo hacer el menor movimiento.

A mi alrededor van y vienen y gritan: la voz grave del capitán, los chillidos de la patrona; de repente, otra vez una interrupción, y me llevan ya en un féretro cerrado. Siento el bamboleo del ataúd, reflexiono sobre ello, y de pronto me asalta por primera vez la idea de que estoy muerto, muerto del todo: lo sé y no lo dudo; no veo y no me muevo, y, sin embargo, siento y razono. Pero enseguida me resigno y, como suele pasar en sueños, acepto la realidad sin discutirla.

Y me entierran. Todos se van; me quedo solo, absolutamente solo. No me muevo. Siempre cuando antes, despierto, me imaginaba que me enterraban en la tumba, asociaba esta a una sola sensación: humedad y frío. Y ahora igual: sentí que tenía mucho frío, sobre todo en las puntas de los dedos de los pies; pero nada más.

Yacía allí y, cosa extraña, no esperaba nada: aceptaba sin objeción que un muerto no tiene nada que esperar. Pero había humedad. No sé cuánto tiempo pasó: una hora, varios días, o muchos días. Y de pronto, sobre mi ojo izquierdo cerrado, cayó una gota de agua que se había filtrado por la tapa del ataúd; al cabo de un minuto, otra; al cabo de otro, una tercera; y así sucesivamente, a cada minuto. De pronto se encendió en mi corazón una profunda indignación, y de repente sentí en él un dolor físico: «Es mi herida —pensé—, es el disparo: ahí está la bala...». Y la gota seguía cayendo, cada minuto, justo sobre mi párpado cerrado.

De pronto clamé —no con la voz, pues estaba inmóvil, sino con todo mi ser— al soberano de todo cuanto me estaba ocurriendo:

—Quienquiera que seas, si existes, y si existe algo más razonable que lo que ahora sucede, permite que también exista aquí. Pero si te vengas de mi insensato suicidio con la monstruosidad y el absurdo de una existencia ulterior, has de saber que ningún tormento, por terrible que sea, se igualará jamás al desprecio que sentiré en silencio, aunque sea durante millones de años de martirio...

Clamé y callé. Se prolongó un silencio profundo durante casi un minuto; incluso cayó una gota más, pero yo sabía, lo sabía con una certeza infinita e inquebrantable, y lo creía, que enseguida, sin falta, todo cambiaría en ese instante. Y de pronto se hendió mi tumba. Es decir, no sé si la abrieron y la desenterraron, pero me tomó un ser oscuro y desconocido para mí, y aparecimos en el espacio.

De pronto recobré la vista: era una noche cerrada, y nunca, nunca había habido tanta oscuridad. Volábamos por el espacio, ya lejos de la Tierra. No pregunté nada a aquel que me llevaba: aguardaba y estaba orgulloso. Me aseguraba a mí mismo que no tenía miedo, y me estremecía de arrobamiento ante la idea de no tenerlo. No recuerdo cuánto tiempo volamos ni puedo imaginarlo: todo ocurría como ocurre siempre en sueños, cuando saltas por encima del espacio y del tiempo, y de las leyes de la existencia y de la razón, y te detienes solo en los puntos que el corazón anhela. Recuerdo que de pronto divisé en la oscuridad una estrellita.

—¿Es Sirio? —pregunté de repente, sin poder contenerme; pues no quería preguntar nada.

—No, es la misma estrella que viste entre las nubes al regresar a casa —me respondió el ser que me llevaba.

Yo sabía que tenía, por así decirlo, un rostro humano. Y, cosa extraña, no lo amaba; es más, me inspiraba una profunda repugnancia. Yo esperaba la nada absoluta, y con esa intención me había disparado en el corazón. Y ahora estoy en manos de un ser que, desde luego, no es humano, pero que existe, que es: «Ah, ¿conque hay vida más allá de la tumba?», pensé con la extraña ligereza de los sueños. Pero la esencia de mi corazón permanecía conmigo en toda su hondura: «Y si tengo que volver a ser —pensé—, y vivir otra vez por una voluntad ajena e ineludible, ¡no quiero que me dobleguen ni me humillen!».

—Tú sabes que te tengo miedo, y por eso me desprecias —le dije de pronto a mi compañero, sin poder reprimir aquella pregunta humillante que encerraba una confesión, y sentí, como un pinchazo de alfiler, mi humillación en el corazón.

No respondió a mi pregunta. Pero de pronto sentí que no me despreciaban, que no se reían de mí, que ni siquiera me compadecían; y que nuestro camino tenía un fin: desconocido, misterioso, que me concernía solo a mí. El miedo crecía en mi corazón. Algo me comunicaba sin palabras, con tormento, mi silencioso compañero, como si me atravesara. Volábamos por espacios oscuros e ignotos. Hacía ya tiempo que había dejado de ver las constelaciones familiares. Yo sabía que existen astros en los espacios celestes cuyos rayos tardan en alcanzar la Tierra miles y millones de años. Quizá ya estábamos atravesando esos espacios. Esperaba algo con una angustia terrible que me extenuaba el corazón.

Y de pronto una sensación conocida y en grado sumo evocadora me sacudió: ¡vi de pronto nuestro sol! Sabía que no podía ser el mismo que engendró nuestra Tierra, y que estábamos a una distancia infinita del nuestro; pero lo reconocí, no sé cómo, con todo mi ser: era un sol exactamente como el nuestro, una repetición suya, un doble suyo. Una dulzura resonó, exultante, en mi alma: la fuerza natal de aquella luz, la misma que me había dado a luz, resonó en mi corazón y lo resucitó; me sentí vivo, igual que antes y por primera vez desde mi tumba.

—Pero si esto es un sol, si es un sol exactamente igual que el nuestro —exclamé—, ¿dónde está entonces la Tierra?

Y mi compañero me señaló una estrellita que centelleaba en la oscuridad con un resplandor esmeralda. Volábamos directamente hacia ella.

—¿Y de veras son posibles tales duplicaciones en el universo? ¿De veras es esta la ley de la naturaleza? Y si aquello es una Tierra, ¿acaso es una como la nuestra... exactamente igual, desdichada, pobre, pero querida y eternamente amada, y que engendra el mismo amor doloroso hacia sí incluso en los más ingratos de sus hijos, como la nuestra?... —gritaba yo, estremecido por un amor incontenible, exaltado, hacia aquella antigua Tierra familiar que yo había abandonado.

La imagen de la pobre niña a la que había ofendido cruzó fugaz ante mí.

—Lo verás todo —respondió mi compañero, y en sus palabras resonó una especie de tristeza.

Pero nos acercábamos rápidamente al planeta.

Crecía ante mis ojos; ya distinguía el océano, los contornos de Europa, y de pronto una sensación extraña, de unos celos sagrados y grandes, se encendió en mi corazón:

«¿Cómo puede existir semejante réplica, y para qué? Yo amo; yo solo puedo amar aquella Tierra que dejé, en la que quedaron las salpicaduras de mi sangre cuando yo, ingrato, con un disparo en el corazón, apagué mi vida. Pero jamás, jamás dejé de amar aquella Tierra, y hasta aquella noche, al separarme de ella, quizá la amé con más dolor que nunca. ¿Existe el sufrimiento en esta Tierra nueva? En la nuestra solo podemos amar de verdad con tormento y solo a través del tormento. De otro modo no sabemos amar ni conocemos otro amor. ¡Quiero tormento para amar! ¡Quiero, ansío en este instante besar, bañado en lágrimas, solo aquella Tierra que dejé, y no quiero ni acepto la vida en ninguna otra!...».

Pero mi compañero ya me había dejado. Y de pronto, de un modo que me pasó del todo inadvertido, me encontré en esa otra Tierra, bajo la luz brillante de un día soleado, delicioso como el paraíso. Estaba, creo, en una de aquellas islas que en nuestra tierra forman el archipiélago griego, o en algún punto del litoral del continente contiguo a ese archipiélago.

¡Oh, todo era exactamente como en nuestra tierra, pero parecía irradiar por todas partes una atmósfera festiva, de gran triunfo sagrado, por fin alcanzado! El manso mar esmeralda lamía suavemente las orillas y las besaba con un amor manifiesto, visible, casi consciente. Árboles altos y hermosos se erguían en toda la exuberancia de su floración, y sus innumerables hojitas, de eso estoy convencido, me saludaban con su rumor quedo y tierno, como si pronunciaran palabras de amor. La hierba resplandecía cuajada de flores brillantes y fragantes. Los pajarillos cruzaban el aire en bandadas y, sin temerme, se posaban en mis hombros y en mis manos, y me golpeaban gozosos con sus alitas adorables y temblorosas.

Y por fin vi y reconocí a los hombres de aquella Tierra feliz. Vinieron ellos mismos hacia mí; me rodearon, me besaron. Hijos del sol, hijos de su sol... ¡Oh, qué hermosos eran! Nunca en nuestra Tierra había visto semejante belleza en el ser humano. Acaso se hallaba un reflejo de ella, aunque remoto y tenue, en nuestros niños en sus primeros años de vida. Los ojos de aquella gente feliz brillaban con un fulgor límpido. Sus rostros resplandecían de inteligencia y de una conciencia colmada ya hasta la serenidad, pero aquellos rostros eran alegres; en sus palabras y en sus voces sonaba una alegría infantil. ¡Oh, al instante, al observar aquellos rostros, lo comprendí todo, todo! Era una Tierra no mancillada por la caída; allí vivían personas que no habían pecado, vivían en el mismo paraíso en el que, según las tradiciones de toda la humanidad, vivieron también nuestros progenitores pecadores; con la sola diferencia de que toda la Tierra aquí era en todas partes un solo y mismo paraíso.

Aquellas personas, riendo con alegría, se apretujaban en torno a mí y me acariciaban; me llevaron con ellas, y cada una quería tranquilizarme. ¡Oh, no me preguntaban nada, sino que, como si ya lo supieran todo, al menos así me lo parecía, querían borrar cuanto antes el sufrimiento de mi rostro!

IV

Verán, otra vez lo mismo: pues bien, aunque fuera solo un sueño, el sentimiento de amor de aquellas personas inocentes y hermosas se quedó en mí para siempre, y siento que su amor se derrama sobre mí todavía ahora, desde allí. Los vi yo mismo, los conocí y me convencí; los amé y sufrí por ellos después. Oh, comprendí al instante, incluso entonces, que en muchas cosas no llegaría a entenderlos en absoluto; a mí, como progresista ruso contemporáneo y miserable petersburgués, me parecía incomprensible, por ejemplo, que ellos, sabiendo tanto, no tuvieran nuestra ciencia. Pero pronto entendí que su conocimiento se colmaba y se nutría de intuiciones distintas de las nuestras en la Tierra, y que sus aspiraciones eran también por completo otras. No deseaban nada y estaban serenos; no aspiraban a conocer la vida como aspiramos nosotros a hacerlo, porque su vida estaba colmada. Y, sin embargo, su saber era más hondo y más alto que el de nuestra ciencia; pues nuestra ciencia busca explicar qué es la vida, aspira ella misma a comprenderla para enseñar a los demás a vivir; ellos, en cambio, sin ciencia alguna, sabían cómo vivir, y eso lo comprendí, aunque no pude comprender su saber.

Me señalaban sus árboles y yo no alcanzaba a entender el grado de amor con que los miraban: como si hablaran con seres semejantes a ellos. Y, ¿saben?, quizá no me equivoque si digo que hablaban con ellos. Sí, habían encontrado su lengua, y estoy convencido de que los árboles los entendían. Así miraban también a toda la naturaleza: a los animales, que vivían con ellos en paz, no los atacaban y los amaban, vencidos por su amor. Me señalaban las estrellas y me hablaban de ellas, de algo que yo no lograba comprender, pero estoy convencido de que, de algún modo, entraban en contacto con los astros del cielo: no solo mediante el intelecto, sino por algún camino vivo.

Oh, aquellas personas ni siquiera se empeñaban en que yo las entendiera: me amaban de todos modos; pero a cambio yo sabía que ellas tampoco me entenderían jamás a mí, y por eso casi no les hablaba de nuestra Tierra. Yo solo besaba ante ellos la Tierra en la que vivían, y, sin palabras, los adoraba; y ellos lo veían y se dejaban adorar, aunque se avergonzaban de que los adorase, porque ellos mismos amaban mucho. No sufrían por mí cuando, entre lágrimas, les besaba a veces los pies, pues sabían con gozo en su corazón con qué fuerza de amor me responderían.

A veces me preguntaba con asombro: ¿cómo habían podido, todo el tiempo, no ofender a alguien como yo, y no despertar, ni una sola vez, un sentimiento de celos o envidia? Muchas veces me pregunté cómo era posible que un ser tan fanfarrón y mentiroso como yo no les hablara de mis conocimientos, de los cuales, como es natural, no tenían noción alguna, ni sintiera el deseo de asombrarlos con tales saberes, aunque solo fuera por el amor que les profesaba. Eran vivarachos y joviales como niños. Vagaban por sus hermosas arboledas y bosques, cantaban sus bellas canciones, se alimentaban de manera frugal con los frutos de sus árboles, la miel de sus bosques y la leche de sus animales, que los amaban. Trabajaban poco y a ritmo suave, solo lo necesario para el alimento y la ropa. Entre ellos reinaba el amor y nacían niños, pero jamás advertí en ellos los arrebatos de esa cruel voluptuosidad que asalta a casi todos en nuestra Tierra, a todos sin excepción, y que es la única fuente de casi todos los pecados de nuestra humanidad. Se alegraban de los niños que les nacían como de nuevos participantes en su dicha. No había rencillas entre ellos ni tampoco celos, y ni siquiera entendían qué significaba eso. Sus hijos eran hijos de todos, porque todos formaban una sola familia.

Casi no había enfermedades, aunque sí existía la muerte; pero sus ancianos morían apaciblemente, como si se durmieran, rodeados de las personas que venían a despedirse de ellos, bendiciéndolas, sonriéndoles, y despedidos a su vez por las sonrisas luminosas de aquellas. No vi dolor ni lágrimas entonces: solo un amor acrecentado hasta el arrobamiento, pero un arrobamiento sereno, pleno, contemplativo. Cabía pensar que seguían en contacto con sus muertos incluso después de la muerte, y que la unión terrenal entre ellos no se interrumpía con ella. Casi no me entendían cuando les preguntaba por la vida eterna, pero, a todas luces, estaban tan convencidos de ella de un modo instintivo que ni siquiera era para ellos una pregunta. No tenían templos, pero sí una especie de unión esencial, viva e ininterrumpida con el Todo del universo; no tenían fe, pero en cambio tenían el conocimiento firme de que, cuando su alegría terrenal se colmase hasta los límites de la naturaleza terrestre, llegaría para ellos —tanto para los vivos como para los muertos— una expansión aún mayor de su contacto con el Todo del universo. Esperaban ese instante con alegría, pero sin prisa, sin sufrir por él, como si ya lo poseyeran en esos presentimientos de su corazón, que se comunicaban unos a otros.

Por las noches, antes de dormir, les gustaba formar coros armoniosos y acompasados. En esos cantos transmitían todas las sensaciones que les había deparado el día que se iba; lo glorificaban y se despedían de él. Glorificaban la naturaleza, la tierra, el mar, los bosques. Les gustaba componer canciones unos sobre otros y se elogiaban mutuamente como niños: eran canciones sencillísimas, pero brotaban del corazón y atravesaban los corazones. Y no solo en las canciones, sino que parecía que toda su vida la pasaban en admirarse los unos a los otros. Era una especie de enamoramiento mutuo, total, universal. Otras canciones suyas, solemnes y arrebatadas, casi no las entendía yo en absoluto: comprendiendo las palabras, nunca pude penetrar en todo su significado. Permanecía como inaccesible a mi entendimiento, pero en cambio mi corazón se iba impregnando de él instintivamente, y cada vez más. A menudo les decía que todo eso yo ya lo había presentido hacía mucho; que toda esa alegría y esa gloria se me habían manifestado ya en nuestra Tierra como una angustia evocadora, que a veces llegaba a ser un dolor insoportable; que los había presentido a todos ellos y su gloria en los sueños de mi corazón y en las fantasías de mi mente; que a menudo, en nuestra Tierra, no podía mirar la puesta del sol sin lágrimas... Que en mi odio hacia los hombres de nuestra Tierra se encerraba siempre una angustia: ¿por qué no puedo odiarlos sin amarlos?, ¿por qué no puedo no perdonarlos?, y en mi amor hacia ellos otra angustia: ¿por qué no puedo amarlos sin odiarlos?

Me escuchaban, y yo veía que no alcanzaban a concebir lo que les decía; pero no me arrepentía de habérselo dicho: sabía que entendían toda la fuerza de mi angustia por aquellos a quienes había abandonado. Sí: cuando me miraban con su dulce mirada impregnada de amor, cuando yo sentía que, junto a ellos, mi corazón se volvía tan inocente y veraz como los suyos, tampoco lamentaba no entenderlos. La plenitud de la vida me cortaba el aliento, y yo, en silencio rezaba ante ellos.

Oh, ahora todos se ríen en mi cara y me aseguran que ni siquiera en sueños se pueden ver los detalles que ahora refiero; que en mi sueño vi o sentí solo una sensación, engendrada por mi propio corazón en el delirio, y que los detalles los inventé yo mismo al despertar. Y cuando les revelé que quizá, en efecto, así fue... Dios mío, qué carcajadas me soltaron en la cara y qué gracia les hizo.

Oh, sí, claro: me venció una única sensación de

aquel sueño, y ella solo sobrevivió en mi corazón herido hasta sangrar; pero, en cambio, las imágenes y las formas reales de mi sueño —es decir, las que de verdad vi en la hora misma de mi sueño— estaban colmadas de tal armonía, eran tan cautivadoras y hermosas, y tan verdaderas, que al despertar yo, naturalmente, no fui capaz de encarnarlas en nuestras débiles palabras; de modo que debieron de desdibujarse en mi mente y, por tanto, en efecto, tal vez, yo mismo, sin darme cuenta, me vi obligado a inventar luego los detalles y, desde luego, a deformarlos, sobre todo con mi deseo apasionado de transmitirlos cuanto antes y aunque fuera en parte.

Pero, con todo, ¿cómo puedo no creer que todo aquello fue? Fue, quizá, mil veces mejor, más luminoso y más alegre de lo que cuento. Que sea un sueño, pero todo aquello no pudo no ser. ¿Saben?, les diré un secreto: quizá aquello no fue en absoluto un sueño. Porque sucedió allí algo de una verdad tan espantosa que no habría podido soñarse. Admitamos que mi sueño lo engendró mi corazón; pero ¿acaso mi corazón, por sí solo, habría podido engendrar la terrible verdad que me sucedió después? ¿Cómo iba yo, yo solo, a inventarla o soñarla con el corazón? ¿Es que mi corazón mezquino y mi caprichoso e insignificante intelecto habrían podido elevarse hasta semejante revelación de la verdad?

Oh, juzguen ustedes mismos: hasta ahora lo he callado, pero ahora diré también esa verdad. El caso es que yo... ¡los corrompí a todos!

V

Sí, sí, acabé corrompiéndolos a todos. Cómo pudo suceder, no lo sé, no lo recuerdo con claridad. El sueño sobrevoló milenios y solo dejó en mí la sensación del conjunto. Sé únicamente que la causa de la caída fui yo. Como una triquina maligna, como un átomo de peste que contagia Estados enteros, así contagié yo, a mi paso, aquella tierra feliz y sin pecado hasta mi llegada.

Aprendieron a mentir y amaron la mentira, y conocieron la belleza de la falsedad. Oh, quizá empezara de un modo inocente: con una broma, con coquetería, con un juego amoroso; en efecto, quizá con un átomo, pero ese átomo de mentira penetró en sus corazones y les resultó grato.

Enseguida nació la voluptuosidad; la voluptuosidad engendró los celos; los celos, crueldad... Oh, no lo sé, no lo recuerdo, pero pronto, muy pronto, brotó la primera sangre. Se asombraron y se horrorizaron, y empezaron a separarse, a desunirse. Aparecieron alianzas, pero ya unos contra otros. Comenzaron los reproches, las recriminaciones. Conocieron la vergüenza y elevaron la vergüenza a virtud.

Nació la noción de honor, y en cada alianza se alzó su propia bandera. Empezaron a torturar a los animales, y los animales se apartaron de ellos hacia los bosques y se volvieron sus enemigos. Comenzó la lucha por la desunión, por el aislamiento, por la individualidad, por lo mío y lo tuyo. Empezaron a hablar en lenguas distintas.

Conocieron la pena y la amaron; ansiaban el tor-

124

mento y decían que la Verdad solo se alcanza mediante el tormento. Entonces apareció entre ellos la ciencia. Cuando se volvieron malos, empezaron a hablar de fraternidad y humanidad, y comprendieron esas ideas. Cuando se volvieron criminales, inventaron la justicia y se prescribieron códigos enteros para conservarla, y para garantizar esos códigos erigieron la guillotina.

Apenas recordaban lo que habían perdido; ni siquiera querían creer que alguna vez habían sido inocentes y felices. Hasta se reían de la posibilidad de aquella felicidad anterior suya y la tachaban de quimera. Ni siquiera podían representársela en formas e imágenes; pero —cosa extraña y maravillosa— al perder toda fe en la felicidad pasada, al llamarla fábula, desearon con tal fuerza volver a ser inocentes y felices que, como niños, se postraron ante el anhelo de su corazón; divinizaron ese deseo, construyeron templos y empezaron a rezarle a su propia idea, a su propio «deseo», y al mismo tiempo creían plenamente en la imposibilidad de su cumplimiento y su realización, pero lo adoraban con lágrimas y se postraban ante él.

Y, sin embargo, si hubiera habido la posibilidad de regresar a aquel estado de inocencia y de felicidad que habían perdido, y si alguien se lo mostrara de nuevo y les preguntara si deseaban volver a él, con toda seguridad se negarían. Me respondían: «Admitamos que somos mentirosos, malos e injustos, lo sabemos y lloramos por ello, y nos atormentamos, nos torturamos y nos castigamos por ello nosotros mismos, más incluso, quizá, que aquel Juez misericordioso que habrá de juzgarnos y cuyo nombre desconocemos. Pero tenemos la ciencia, y por medio de ella encontraremos de nuevo la verdad, pero esta vez la aceptaremos de manera consciente. El conocimiento es superior al sentimiento; la conciencia de la vida es superior a la vida misma. La ciencia nos dará la sabiduría; la sabiduría revelará las leyes, y el conocimiento de las leyes de la felicidad es superior a la felicidad».

Eso decían y, tras semejantes palabras, cada uno se amó a sí mismo más que a todos los demás, y no podían hacer otra cosa. Cada cual se volvió tan celoso de su personalidad que con todas sus fuerzas procuraba únicamente humillar y disminuir la de los otros, y en ello ponía su vida. Apareció la esclavitud, incluso la voluntaria: los débiles se sometían de buen grado a los más fuertes, con la sola condición de que estos los ayudaran a aplastar a los aún más débiles que ellos. Aparecieron justos que acudían a aquellas personas con lágrimas en los ojos y les hablaban de su soberbia, de la pérdida de la mesura y de la armonía, de la pérdida del pudor. Se reían de ellos o los apedreaban. Sangre santa corría en los umbrales de los templos.

Y, sin embargo, empezaron a aparecer personas que se pusieron a idear la forma de unir a todos de nuevo, de tal modo que cada cual, sin dejar de amarse a sí mismo por encima de todo, a la vez no interfiriera en la vida ajena, y así poder vivir juntos en una sociedad concertada. Por esa idea se libraron guerras enteras. Todos los que combatían creían firmemente, a la vez, que la ciencia, la sabiduría y el instinto de conservación obligarían por fin al hombre a unirse en una sociedad armoniosa y racional; por eso, mientras tanto, para acelerar el proceso, los «sabios» se afanaban cuanto antes en exterminar a todos los «no sabios» y a quienes no comprendían su ideario, para que no estorbaran su triunfo. Pero el instinto de conservación enseguida empezó a debilitarse; aparecieron individuos soberbios y voluptuosos que exigieron sin rodeos: todo o nada. Para obtenerlo todo se recurría al crimen; y, si fracasaban, al suicidio. Surgieron religiones basadas en el culto a la nada y a la autodestrucción, en aras del reposo eterno en la nulidad. Al fin, aquella gente se cansó del trabajo absurdo y en sus rostros apareció el sufrimiento; y proclamaron que el sufrimiento es belleza, porque solo en el sufrimiento hay pensamiento. Y cantaron el sufrimiento en sus canciones. Yo deambulaba entre ellos, retorciéndome las manos, y lloraba por ellos, pero los amaba quizá aún más que antes, cuando en sus rostros todavía no estaba el sufrimiento y eran inocentes y hermosos. Llegué a amar la Tierra que ellos habían mancillado aún más que cuando era un paraíso, solo porque en ella había aparecido el dolor. ¡Ay! Yo siempre amé la pena y la aflicción, pero para mí, solo para mí; por ellos, en cambio, lloraba, compadeciéndolos. Les tendía los brazos con desesperación, culpándome, maldiciéndome y despreciándome a mí mismo. Les decía que todo aquello lo había provocado yo, yo solo; que yo les traje la corrupción, el contagio y la mentira. Les suplicaba que me crucificaran; les enseñé cómo se hacía la cruz. No podía, no tenía las fuerzas para matarme yo mismo, pero quería recibir de ellos el tormento: ansiaba el suplicio, ansiaba que en ese tormento se derramara mi sangre hasta la última gota.

Pero solo se reían de mí y al final empezaron a tomarme por un loco santo. Me justificaban diciendo que solo habían recibido lo que ellos mismos deseaban y que todo cuanto acontecía era inevitable. Por último, me advirtieron de que empezaba a ser un peligro para ellos y que, si no guardaba silencio, me encerrarían en un manicomio. Entonces el dolor caló con tal intensidad en mi alma que el corazón se me encogió y sentí que moría; y en ese instante..., bueno, pues entonces, desperté.

Era ya de mañana; es decir, aún no había amanecido, pero serían alrededor de las seis. Volví en mí en la misma butaca; mi vela se había consumido por completo; en el cuarto del capitán dormían; y alrededor reinaba una quietud poco habitual en nuestra casa.

Lo primero que hice fue ponerme en pie de un salto, atónito: nunca me había sucedido nada semejante, ni siquiera en lo más nimio; por ejemplo, nunca me había quedado dormido así en mi butaca. Y entonces, mientras estaba de pie y volvía en mí, advertí de pronto el destello de mi revólver, listo, cargado, pero lo aparté de mí de un manotazo. ¡Oh, ahora la vida, la vida! Levanté las manos e invoqué a la Verdad eterna; no la invoqué, sino que rompí a llorar. Un arrobamiento, un arrobamiento inconmensurable elevaba todo mi ser. Sí, la vida, la predicación. Decidí dedicarme a la predicación en aquel mismo instante y, por supuesto, para el resto de mis días. Voy a predicar, quiero predicar... pero ¿qué? La Verdad, porque la he visto, la he visto con mis propios ojos, he visto toda su gloria.

Y desde entonces predico. Además, amo a quienes se ríen de mí, más que a todos los demás. Por qué es así, no lo sé y no puedo explicarlo, pero que así sea. Ellos dicen que ahora me confundo; es decir, si ya ahora me embrollo hasta tal punto, ¿qué será de mí después? Es la pura verdad: me confundo, y probablemente lo haré aún más en el futuro. Y, por supuesto, me perderé unas cuantas veces hasta que halle el modo de predicar; es decir, hasta dar con las palabras y los hechos adecuados, pues es una tarea sumamente difícil. Yo ahora mismo lo veo todo como a la luz del día, pero escuchad: ¿quién no se confunde? Y, sin embargo, todos persiguen el mismo fin, o al menos todos aspiran a él: desde el sabio hasta el último criminal, solo que por caminos distintos. He ahí una verdad vieja, pero encierra algo nuevo: que yo no puedo extraviarme demasiado. Porque he visto la Verdad; la he visto y sé que los seres humanos pueden ser hermosos y felices sin perder su capacidad de vivir en la tierra. No quiero ni puedo creer que el mal sea el estado natural del hombre. Y, sin embargo, todos se ríen únicamente de esa fe mía. Pero ¿cómo no voy a creer, si he visto la Verdad? No es que la haya inventado con la mente: la vi, la contemplé, y su imagen viva colmó mi alma para la eternidad. La percibí con tal plenitud e integridad que no puedo creer que no exista entre los hombres. Así pues, ¿cómo voy a extraviarme?

Me desviaré, claro, incluso varias veces, y quizá hable incluso con palabras ajenas, pero no por mucho tiempo: la imagen viva de lo que vi estará siempre conmigo y siempre me corregirá y me guiará. Oh, me siento animado y fresco; persistiré, persistiré en mi propósito, aunque requiera mil años. ¿Sabéis? Al principio quise incluso ocultar que yo los había corrompido a todos, pero fue un error... ¡Ya era el primer error! Pero la Verdad me susurró que mentía, y me protegió y me guio. Ahora bien: no sé cómo organizar el paraíso, porque no soy capaz de transmitirlo con palabras. Después de mi sueño, perdí las palabras. Al menos las principales, las más necesarias. Pero no importa: iré y lo diré todo, sin descanso, porque aun así lo he visto con mis propios ojos, aunque no sepa contar lo que vi.

Y eso es lo que no comprenden los que se mofan de mí: «Tuvo un sueño —dicen—, un delirio, una alucinación». ¡Eh! ¿Y eso es sabiduría? ¡Y se enorgullecen tanto! ¿Un sueño? ¿Qué es un sueño? ¿Acaso nuestra vida no es también un sueño? Más aún: aunque nunca se cumpla, aunque no haya paraíso (¡porque eso ya lo entiendo!), continuaré predicando. Y, sin embargo, es tan sencillo: en un solo día, en una sola hora, todo se arreglaría de golpe. Lo principal: ama a los demás como a ti mismo; eso es lo principal, y es todo; no hace falta absolutamente nada más: enseguida uno encontraría cómo arreglarse. Y, sin embargo, no es más que una verdad antiquísima, repetida y leída mil millones de veces, ¡y aun así no ha arraigado! «La conciencia de la vida es superior a la vida misma; el conocimiento de las leyes de la felicidad es superior a la felicidad»: ¡he aquí contra lo que hay que luchar! Y lucharé. Si todos quieren, todo se arregla de inmediato. Y a aquella niña la encontré... ¡Y seguiré! ¡Y seguiré!

Austral Cuentos ofrece al lector breves antologías de relatos de los mejores escritores de todos los tiempos.

AUTORES DE LA SERIE UNIVERSAL

Antón Chéjov

Joseph Conrad

Fiódor M. Dostoievski

F. Scott Fitzgerald

E. T. A. Hoffmann

Franz Kafka

Jack London

H. P. Lovecraft

Katherine Mansfield

Carson McCullers

Bram Stoker

Oscar Wilde

Virginia Woolf

Stefan Zweig

AUTORES DE LA SERIE ESPAÑOLES Y LATINOAMERICANOS

Rosa Chacel

María Teresa León

Ana María Matute

Emilia Pardo Bazán

Miguel de Unamuno

Ramón del Valle-Inclán

Mario Vargas Llosa

AUSTRAL

www.australeditorial.com

www.planetadelibros.com